Nouvelles

AF143825

Voyage dans le temps

Voyage dans le temps

Concours de nouvelles 2024
organisé par l'asbl PLAY AGAIN

© 2024 Collectif PLAY AGAIN

Édition : BoD · Books on Demand GmbH,
In de Tarpen 42, 22848 Norderstedt
(Allemagne)
Impression : Libri Plureos GmbH,
Friedensallee 273, 22763 Hamburg
(Allemagne)

Maquette :
Play Again asbl
http://www.play-again.be

ISBN : 978-2-3225-3271-1

Dépôt légal : Décembre 2024

Avant-Propos

Nous avons voulu, cette fois encore, dépasser nos frontières. Et quel succès ! Plus de 80 textes reçus des 4 coins de France, mais aussi de Belgique, d'Italie, de Suisse, de Roumanie et de La Réunion. Les 17 nouvelles réunies dans ce livret (par ordre alphabétique d'auteur.e.s) ont récolté les suffrages enthousiastes de notre Comité de lecture.
Cette année, le trio gagnant est féminin :
- *La Trace de **Corinne Besson***
- *Eternité d'**Alice Catherine***
- *Transfuges de **Véronique Liégard**.*

*Le prix de l'originalité revient à **Déborah Mirabel** pour La Collection d'Edouard.*

Hors concours :
- *En introduction, « Le Bonheur »*
  *de **Gabrielle Dubois**.*
- *En clôture « J'ai une histoire à vous raconter »*
  *de **Jean-Paul Deschaseaux**.*

Bonne lecture et encore toutes nos félicitations à toutes et tous pour la qualité des textes.

Josiane Wolff
Présidente

Gabrielle DUBOIS

Le bonheur

Gabrielle Dubois est romancière, spécialiste du 19ème siècle et de la parole des femmes.

Ses séries historiques déjà parues[1] :
- *LOUISE 1 La Muse et LOUISE 2 La Femme*
- *ELFIE série en six Saisons*
- *VIOLETTE et Napoléon et VIOLETTE et les Rois*
- *CALIXTE 1 Le Bruit du Soleil et CALIXTE 2 L'Odeur de la Neige*

Ses romans contemporains :
- *Fichue Comédie romantique*
- *Les Filles d'Adèle*

Production Dubois est productrice de cinéma, Founding General Partner de THE 51 FUND, maison de production américaine de films écrits et réalisés par des femmes.

———————————————

[1] *Les séries LOUISE et ELFIE ont été traduites en anglais et ont une belle carrière internationale.*

Il a vraiment bien fait les choses. Je le lui dis et l'en remercie. Il a briqué la cuisine et le salon, a préparé le repas et c'était divinement bon. Non pas que ce soit exceptionnel, nous nous partageons les tâches ménagères sans calcul. Mais ce soir, c'est mon anniversaire. Il a mis les petits plats dans les grands juste pour ma meilleure amie Vi, lui et moi. Oui, cette année, c'est ce dont j'avais envie : des invités réduits au minimum et c'est ce que j'ai.

À révélation exceptionnelle, soirée exceptionnelle, a-t-il solennellement annoncé en début de soirée, en déposant un cadeau d'anniversaire sur la table basse devant le canapé. Je dois attendre son signal pour l'ouvrir. L'avoir sous les yeux tout le long du dîner a sérieusement titillé ma curiosité et celle de Vi.

En attendant, nous avons une conversation animée :

- Que ferais-tu si tu avais la possibilité de voyager dans le temps ? demande-t-il.

- Demande-moi plutôt ce que je ferais si je gagnais des millions au Loto, c'est bien plus probable quoiqu'assez improbable !

- D'autant plus que tu ne joues pas, note Vi, me faisant sourire.

- Sérieusement, reprend-il, que ferais-tu si tu avais la possibilité de voyager dans le temps ce soir ?

- Ok, tu veux dire, genre : tuer Hitler ?

- Pourquoi pas ?

- Tu vois, c'est pour ça que je trouve l'idée idiote. Avoir la possibilité de tuer Hitler ce soir nécessiterait que j'apprenne en une heure tous les faits et gestes de ce type, sa vie entière, pour savoir exactement où et à quelle minute je serais susceptible de me trouver en face de lui.

- Disons que je te donne six mois pour étudier la question, alors !

- C'est trop juste.

- Et, ajoute Vi, je la connais assez pour savoir qu'elle n'a aucune envie de passer les six mois à venir à étudier Hitler.

- Mais tu le ferais pour éviter les horreurs qu'il a perpétrées !

- Mettons que je le fasse, dis-je. Je voyage dans le temps et...

- Il te faut un pistolet ! coupe Vi. Et un permis de port d'arme.

- Bon, s'écrie-t-il, impatient, en mettant le couteau à beurre dans sa serviette et me les tendant. Voici ton arme et ton port d'arme !

- D'accord, d'accord, on se calme ! Maintenant, tuer Hitler adulte, c'est ce n'est peut-être pas une bonne idée.

- Que veux-tu dire ?

- Eh bien, il aura déjà mis en place toute une politique, un ordre nazi et tout le truc...

- Alors tue-le avant !

- Enfant ? s'écrie Vi. C'est horrible !

- Mais puisqu'on sait ce qu'il a fait une fois adulte !

9

- Non, dit Vi. On sait ce qu'il a fait dans le présent d'aujourd'hui. Mais si on rencontrait Hitler bébé, on serait dans le présent du passé et là on n'aurait aucune certitude sur l'avenir.

- Si !

- Vi a raison, dis-je. L'avenir changera. Si je suis dans ce présent-passé alors qu'avant je n'y étais pas, ce n'est donc plus le même présent-passé. Ce ne sera donc plus le même futur.

- C'est ça, insiste Vi. Qui sait, un pot de géranium en fleurs pourrait tomber d'un balcon sur le petit crâne de bébé Adolf et adieu ! Et toi, tu aurais été une meurtrière d'enfant pour rien.

- Vous m'agacez toutes les deux ! C'est un enfer de vous avoir ensemble.

Nous éclatons de rire et Vi le ressert de champagne pour nous faire pardonner.

- Alors tue-le quand il a dix-huit ans, continue-t-il après quelques gorgées.

- Je ne crois pas que je pourrais.

- Pourquoi ?

- Soyons honnêtes, je tourne la tête de côté quand on me fait une prise de sang, et je n'ai jamais frappé personne. Je ne sais pas si je suis une héroïne.

- Mais...

- Quoi ? Je ne n'ai jamais tué personne. Je sais de qui on parle, là. Mais je ne peux pas garantir aujourd'hui que j'aurai le courage de faire ça, ce qui impliquera certainement d'être arrêtée, condamnée à mort, que sais-je ? Et puis, mon allemand est trop basique pour me défendre devant une Cour de justice !

- Je pense que je serais capable de le faire, fanfaronne-t-il.

- C'est idiot ! lance Vi.

- Merci ! Pourquoi ?

- Parce qu'une fois Hitler mort à dix-huit ans, personne n'en aurait jamais entendu parler aujourd'hui, ergo nous ne nous poserions pas la question ce soir d'aller le tuer dans le passé. Donc tu ne serais pas allé dans le passé. Enfin, tu y serais allé et pas allé en même temps. Je ne le sens pas trop ce voyage dans le temps et toi ?

Vexé, il attrape nos trois assiettes vides et s'en va les mettre dans le lave-vaisselle.

- Vi, nous devrions y aller plus doucement, le pauvre !

- Tu as peur qu'il ne t'offre pas ton cadeau ?

Il remplit la bouilloire, la branche et sort du placard le pot de café moulu. Manifestement, il a aussi envie de discuter. Il apporte deux tasses, cuillères, sucre, chocolat qu'il avait préparés sur un plateau. Il retourne verser l'eau bouillante dans la cafetière à piston et revient s'asseoir à table. Pendant que le café infuse, il réattaque :

- Laissons tomber le moustachu à mèche, ma chérie. Ne voyagerais-tu pas dans le temps pour échapper ou régler leur compte aux types qui t'ont agressée, un jour, quand tu étais petite ?

- Laisse-moi réfléchir. Cette agression m'a changée. Si elle n'avait pas eu lieu ou si je pouvais régler mes comptes avec ces types à l'époque, je serais maintenant une autre personne parce que j'aurais eu un autre parcours. Peut-être ne nous serions-nous pas rencontrés ? Peut-être nous serions-nous rencontrés mais ne nous serions-nous pas plu, vu que je t'ai plu telle que j'étais et que tu m'as plu du point de vue de qui je suis avec ce passé ?

- Donc tu ne regrettes pas d'avoir été agressée ? C'est impensable !

- Je n'aurais pas voulu que l'enfant que j'étais ait été agressée. C'est évident ! Mais aujourd'hui, après des années de misère psychologique, des années pour me rééquilibrer, m'aimer, je suis devenue une femme forte et tranquille qui sait apprécier sa paix intérieure d'autant plus qu'elle a connu le chaos.

- Tu voudrais donc, dit Vi, en même temps épargner l'enfant que tu étais et garder l'adulte que tu es devenue.

- C'est ça, dis-je. Et c'est impossible.

Silencieux, il nous sert du café, nous tend sucrier et cuillères. Puis casse un carré de chocolat pour lui et pousse la tablette vers nous.

- Bon, voyage dans le temps futur, alors ! lance-t-il.

- Certainement pas !

- Pourquoi ? Tu pourrais voir si les solutions écologiques proposées aujourd'hui sont valables à long terme. Ou alors voir si d'autres solutions ont été mises en place et les proposer dès aujourd'hui au lieu de perdre du temps à chercher ?

- Tu veux que j'aille dans le futur vingt ans en avant pour constater que toi, Vi ou moi sommes très malades ou morts ? Je ne veux pas savoir.

- Et puis, dit Vi, je ne veux pas non plus que tu reviennes du futur pour m'annoncer que j'y suis seule. Et imagine que la génération future, si fâchée de l'état dans lequel on a mis la Terre, t'assassine ?

- Tu ne pourrais pas être un peu positive, Vi ?

- C'est justement ce que je suis parce que je ne connais pas l'avenir !

- Ok, Vi, dit-il. Disons qu'on t'annonce que tu es seule dans le futur. C'est positif, tu peux dès aujourd'hui changer les choses pour changer ton futur.

- Bien sûr que non ! Il faudrait qu'une personne me suive chaque jour dans les prochaines années pour savoir ce qui a fait que je sois seule dans vingt ans et que je fasse autrement. Je ne peux pas demander, même à ma meilleure amie, de perdre autant de temps.

- D'autant plus, dis-je, que rien ne dit que l'amour de notre vie ne mourra pas ce soir écrasé par une voiture.

Vi éclate de rire et lance :

- Ne tue pas mon futur hypothétique amour avant même qu'il existe !

Il sourit, se lève, rapporte une bouteille de cognac et trois verres.

Alors qu'il nous sert, Vi pense tout haut :

- De toute façon, les machines à remonter le temps, ça n'existe pas.

- Tu ne peux pas être catégorique, dit-il.

- Quelqu'un a-t-il déjà vu un voyageur du temps depuis l'invention fictive de la première machine ?

- Ne pas avoir été témoin d'un voyageur dans le temps, dit-il, ne signifie pas qu'il n'y en aura jamais.

- Si ! s'exclame Vi. Le soleil existe depuis des milliards d'années, je t'assure que tu le verras demain matin.

- Imagine que je sois astronome, rétorque-t-il. Je prétends avoir découvert une raison spécifique de penser que la Terre cessera de tourner cette nuit. Tu ne verras pas le soleil demain. Tu vois, tu ne peux pas me l'assurer. Ce n'est pas parce qu'un fait a toujours été qu'il sera toujours.

- De toute façon, dis-je, je ne peux pas partir dans le futur.

- Pourquoi ? demande-t-il.

- Parce que le futur n'existe pas encore. Je ne peux pas aller dans un temps qui n'existe pas.

- C'est là l'intérêt du voyage dans le temps : il n'est pas nécessaire que la destination existe au moment du départ, elle doit seulement exister au moment de l'arrivée.

- Ok, je te concède ça !

- Quoi ? fait-il, ironique. J'ai droit à une victoire après deux heures de discussion ? Vous êtes trop gentilles, mesdames, merci.

- Alors je peux ouvrir mon cadeau ?

- Non.

- Pourquoi ?

- Tu n'as toujours pas répondu à ma question.

- Laquelle ?

- Que ferais-tu si tu avais la possibilité de voyager dans le temps ? demande-t-il.

Je me lève et vais ouvrir la porte-fenêtre donnant sur le balcon. Je prends une bonne bouffée d'air frais et retourne vers la table. Je me penche sur le visage de l'homme qui m'aime depuis vingt-cinq ans et l'embrasse. Puis je m'assois entre lui et mon amie. Je prends leurs mains dans les miennes et dis :

- Si j'avais la possibilité de voyager dans le temps, j'irais deux heures plus tôt pour revivre cette merveilleuse soirée.

Ils me sourient tous les deux, mais lui s'exclame :

- Tu plaisantes j'espère !

- Que veux-tu, tu as épousé une peureuse qui ne se sent capable de ne sauver ni le passé ni le futur. Une égoïste qui ne veut que jouir des moments de bonheurs présents avec ceux qu'elle aime.

Après un silence, il dit doucement :

- Tu peux ouvrir ton cadeau.

Vi, encore plus curieuse que moi, bondit de sa chaise, attrape le petit paquet et me le donne.

- Ouvre, ouvre vite !

Je déchire le papier cadeau et découvre une boîte de téléphone portable. Je l'ouvre et effectivement, c'est un téléphone. Le mien n'a qu'un an, et comme je suis nulle en technologie, c'est à lui que j'ai demandé, comme toujours, de me conseiller sur celui qui me conviendrait le mieux selon mes besoins. Il n'a pas pu oublier ? Surprise, je souris tant bien que mal et dis :

- C'est... c'est gentil, merci.

- Ce n'est pas un téléphone, annonce-t-il, souriant et triomphant.

Vi s'empare de l'objet, le retourne en tous sens et demande :

- C'est quoi, alors ?

- C'est ce sur quoi je travaille sur le côté depuis vingt ans.

- Mais c'est quoi ? insiste Vi qui n'a pas la patience comme qualité première.

- C'est une machine à voyager dans le temps.

- Quoi ? nous écrions-nous.

Je reprends l'appareil :

- Tu veux rire !

- Non. Tu tapes une date et une heure et tu t'y retrouves. Même chose pour revenir.

- Tu te fiches de nous ! s'écrie Vi.

Je le connais bien. Je vois qu'il est sérieux et m'inquiète :

- Tu l'as déjà essayé, c'est ça ?

- Bien sûr ! Je n'aurais pas risqué de te l'offrir sans l'avoir essayé avant. Quoi ? Pourquoi fais-tu cette tête ?

- As-tu été dans le passé pour modifier ton avenir, le mien, le nôtre ?

- Non...

- M'as-tu manipulée dans le passé ?

- Non ! Non, ma chérie !

- Alors qu'as-tu fait ? Es-tu allé dans le futur ? Sais-tu des choses que je ne veux pas connaître ?

Il rapproche sa chaise de la mienne, prend ma main et me dit doucement :

- Je te connais aussi, ma chérie. Ça fait vingt ans que je travaille sur cette machine. J'ai commencé parce que je voulais être un héros pour te plaire. Mais au bout de plusieurs années, tu étais toujours avec moi. Je ne sais toujours pas pourquoi, mais je ne cherche plus. J'ai continué par curiosité technique, par amour du progrès scientifique.

- Je comprends tout ça. On ne peut pas brider les écrivains dans leur recherche littéraire, empêcher les coureurs de vouloir courir toujours plus vite, bloquer les scientifiques dans leurs quête de progrès. Mais je me sentirais trompée si tu avais changé notre futur, même dans de bonnes intentions.

- Je ne l'ai pas fait. Je ne suis allé dans le passé plusieurs fois que pour des essais. Juste quelques minutes à chaque fois et je ne suis apparu devant personne. J'ai regardé sans être vu. Et je suis allé une fois dans le futur.

- Je ne veux pas savoir !

- Je vais te le dire quand même. Il y a un an, un vendredi, je suis allé dans le futur, deux jours plus tard le dimanche. Tu vas t'en souvenir. Tu avais projeté un weekend à la campagne, camping sauvage sous la tente et randonnée. J'ai vu qu'il pleuvrait des cordes toute la journée, contrairement à ce qu'annonçait la météo. Alors, je suis allé faire les courses pour passer le weekend à la maison et je t'ai convaincue de rester.

- Je m'en souviens ! J'étais mécontente de t'avoir concédé ce weekend à la maison, mais après, nous avons cocooné sous la couette, tu m'as apporté le déjeuner au lit, et nous avons passé un merveilleux weekend alors qu'il pleuvait à se noyer dehors.

- Voilà, c'est la seule chose que j'ai changée.

- Tu veux dire, intervient Vi en riant, que tu es aussi peu héroïque et aussi égoïste de ton bonheur que ta femme ?

- Faut croire ! avoue-t-il, l'œil pétillant.

Il avale d'un trait le fond de son verre de cognac, allume le téléphone à voyager dans le temps et me demande :

- Vas-tu programmer la machine deux heures plus tôt pour revivre cette merveilleuse soirée ?

Je bois une gorgée et réfléchis tout haut :

Cette soirée est merveilleuse. Demain déjà je ne pourrai pas, même si je m'asseyais pendant deux heures, tranquille sur le canapé, me la remémorer, la revivre dans son entier. L'année prochaine, le jour de mon anniversaire, je me souviendrai de cette soirée.

Je me rappellerai combien j'ai été heureuse de notre entente, de notre discussion animé et amusante, de ton cadeau absolument incroyable qui représente combien tu es doué, humble, combien tu m'aimes et nous fais confiance. Cette soirée laissera sur moi une impression de bonheur fugitive qu'on ne peut même pas quantifier en temps.

Ce sont tous les moments de bonheur, même ceux dont on ne se souvient plus, et ils sont les plus nombreux, qui nous permettent de nous dire qu'on a vécu. Je ne regrette pas qu'ils ne laissent qu'une trace dans ma mémoire consciente. Je m'ennuierais en les recommençant. C'est leur fugacité qui les rend précieux. Les moments de bonheur, de même que les épreuves, sont inconsciemment imprimés en nous et font de nous ce que nous nous sommes. Voici encore un paradoxe : on voudrait revivre les moments de bonheur pour être heureux encore, mais ce faisant ils en perdraient la saveur et la fraîcheur de la nouveauté, on les affadirait et les gâcherait.

Et puis, qu'est-ce que le bonheur ? N'est-ce pas une aptitude à être heureux, n'est-ce pas se mettre dans un état de sensibilité qui permet de se trouver en harmonie avec la situation présente, les personnes ou la solitude choisies pour vivre avec elles cette situation ?

- Alors vas-tu voyager dans le temps ? demande Vi.

- Le bonheur, c'est le présent.

Jocelyne BACQUET

Place nette

Jocelyne BACQUET est romancière, poète et biographe. Aujourd'hui plongée dans ses premières amours, le Cosy Mystery à la Agatha Christie, la dernière décennie a pourtant été occupée par l'écriture de plusieurs genres, principalement en littérature blanche (récits de vies, vies croisées) et en policier / thriller. Elle vient de réaliser un projet important en publiant le premier tome d'une saga de Science-fiction, "Alcyon - l'Épopée".

Amoureuse des mots depuis sa petite enfance, ses études sont allées dans le même sens avec l'obtention d'un diplôme d'orthophoniste, suivi d'une licence de linguistique à La Sorbonne.

Elle conjugue aujourd'hui vie privée, activité professionnelle et passion de l'écriture.

Alphonse pestait à n'en plus finir. Forcément, entre l'arthrose et les rhumatismes, les douleurs c'est pas ça qui manque !

À cet âge-là, le simple fait de se retourner dans son sommeil, ça déclenche un réveil instantané, aussi sûrement qu'un morceau joué au clairon.

Mais qu'est-ce qui lui a pris de vouloir à tout prix débarrasser le centre-ville de cette odeur pestilentielle ? Parce que tout de même, il faut bien l'avouer, son odorat n'est plus ce qu'il était. Donc en toute logique la décomposition des corps ne devrait pas le gêner outre mesure. Sauf que... aussi ténue soit-elle, cette odeur est vraiment vomitive ! Soit on fuit pour lui échapper, soit on fait ce qu'il faut pour qu'elle disparaisse.

Alors Alphonse ramasse les corps dans les maisons, dans les voitures, dans les lieux publics. Il les ramasse et il les transporte jusqu'à une parcelle qu'il a choisie, dans le jardin public. C'est là qu'il enterre chaque dépouille.

Il avait commencé par sa Germaine. Après il y avait eu leur voisin, André. Pas un perdreau de l'année non plus, celui-là. Et puis Arlette, Bernadette, Monique, et leurs hommes. Et maintenant des inconnus ou des têtes vaguement familières, croisées à l'occasion des courses ou d'une visite chez le médecin.

En passant devant une vitrine, il s'observa de la tête aux pieds. *Nom de Dieu, mon pauvre Alphonse, t'es vraiment plus du tout appétissant ! Regarde-moi ces doigts tordus par l'arthrose. Et vois comme tu te tiens voûté* !

Alphonse affichait soixante-quinze printemps et il les faisait largement. En plus de cela, on lui avait diagnostiqué quelques semaines auparavant un début d'Alzheimer, mais ça, ce n'était plus très important. Plus maintenant qu'il était seul à déambuler dans les rues de la bourgade.

Eh oui, seul. Tout seul.

Car il y avait une semaine, alors qu'il faisait une sieste sous son pommier pendant que sa Germaine étendait le linge, toute vie sur cette terre s'était éteinte. Il ne savait pas comment, il ne savait pas pourquoi. Quand il s'était réveillé de sa sieste, sa Germaine était morte, étalée au milieu des pâquerettes, une culotte à la main et deux pinces à linge entre les lèvres. Il avait bien essayé de joindre le Samu, qui n'avait pas répondu. Les pompiers, pas mieux.

Alors, après avoir hurlé, crié, pleuré, s'être vidé les poumons de désespoir devant le corps sans vie de sa Germaine, il avait fini par prendre sa voiture pour aller à la police, à la caserne des pompiers, à l'hôpital ou chez n'importe qui d'autre qui puisse lui expliquer. Mais il avait vécu la plus incroyable des situations de toute sa vie. Il y avait des macchabées partout ! Absolument partout !

Il avait cru tout d'abord à un tournage de film. Mais rien ni personne n'était là pour avertir les automobilistes. Et d'ailleurs il était le seul automobiliste. Aucun doute, ces morts étaient de vrais morts et ce cauchemar n'en était pas un, c'était juste la réalité.

Alphonse s'était alors demandé pourquoi, lui, il était encore vivant. Mais bon, vu que les médecins aussi étaient morts, il n'aurait jamais la réponse. Il s'était dit qu'à côté de cela, leur fichu Covid qui avait fait peur à tout le monde, ce n'était qu'un gentil petit rhume ! Alphonse avait alors hésité entre rouler le plus loin possible pour échapper à cette vision d'horreur ou faire demi-tour, rentrer à la maison et... attendre sa propre fin. Il n'avait pas hésité longtemps : il ne voulait pas bouger de son coin. Et puis, ailleurs ce serait pareil.

Moi, j'veux rester près de ma Germaine. Même si elle sert de plat garni aux asticots. Et voilà pourquoi il emmenait tous ces macchabées au jardin public, pour les jeter dans un trou et les recouvrir de terre.

Aujourd'hui il avait attrapé le pharmacien, dans ce qui devait être sa garçonnière, allongé sur le dos, en compagnie de deux prostituées. *Ben mon cochon !*

Il l'emporta dans le coffre de sa vieille Peugeot break, avec ses deux desserts qui devaient être sacrément appétissantes il y a une semaine de cela. Arrivé au parc, il les fit glisser au sol dans leurs camisoles en rideaux de douche et les traîna un à un vers un grand trou. Un biplace, spécial couple. Mais là, avec les deux greluches maigrichonnes, ça devait aller.

Ben ça alors, j'en avais plus que ça des tombes ! Encore ce nom d'un chien d'Alzheimer ! Il vérifia dans son carnet. Et voilà ! Le nombre de tombes qui s'étalaient sous ses yeux était moins élevé que celui de toutes les tombes répertoriées par Alphonse dans son carnet. *On m'a piqué mes macchabées !*

Il se tapa le front du plat de la main. *Mais non, j'suis dingo ! J'suis le seul survivant ! J'ai dû les enterrer ailleurs. Ah, c'est pas beau d'vieillir.* Et là encore, comme bien souvent quand il venait ici, il se sentit tout vif, plus alerte, comme ragaillardi. Il avait même l'impression d'avoir moins de taches de vieillesse sur ses avant-bras. Sans doute le soulagement de se délester de tous ces corps... Il déposa les trois macchabées dans leur trou et regarda autour de lui. *Ah ben ça alors ! Mes tombes manquantes sont revenues et les autres ont disparu ! C'est quoi cette sorcellerie ?* Il aperçut alors un homme qui le montrait du doigt, mais aussi des policiers à l'arrière.

Ça alors, se dit Alphonse, *des survivants ! J'suis vachement content, mine de rien ! Pourtant, j'les aime pas trop, mes congénères. Mais là, excellent ! Et avec des flics, en plus. Sont toujours au courant de tout, ces mecs-là, ils vont m'expliquer.*

- C'est lui ! disait l'homme. C'est lui qu'est v'nu déposer des morts l'autre fois ! Le jour où j'suis v'nu au commissariat.

Les policiers entourèrent aussitôt le pauvre Alphonse.

- Monsieur, vous allez devoir nous suivre au poste pour vous expliquer sur les accusations de cet homme à propos de tous ces corps.

- Accusations, accusations... Vous devriez plutôt me remercier, j'ai fait un sacré nettoyage !

Le policier le regarda, éberlué, puis il lui lut ses droits à voix basse, sans doute dans la crainte d'une réaction. Il lui passa alors les menottes.

- Non mais, attendez les mecs, i' reste plus que nous sur Terre, on va quand même pas jouer à ça. J'ai tué personne, moi !

- Alors t'appelles ça comment, tout ça ?

Le policier balaya de la main toute la zone qui les entourait.

Alphonse regarda et vit devant eux une bonne vingtaine de talus de terre d'un mètre sur deux.

- Des tombes, dit-il.

- Non mais, dit le policier en regardant ses collègues, ce type est soit très con soit complètement frappé.

 Ou les deux, dit un autre.

 Et tu les as creusées comment, ces tombes ? À la main ?

- Mais non ! Pas à mon âge. Avec le tractopelle, là-bas.

- Le tractopelle ? Et il est où ?

- Ben… Je sais pas, je le laisse toujours là. À mon âge, la bêche faut oublier.

- Quoi, à ton âge ?

- Eh ! J'ai quand même soufflé mes soixante-quinze bougies.

- Ouh là ! Bon on a notre réponse, les gars, il est complètement marteau, ce mec. Serial-killer et frapadingue, ça va bien ensemble. Embarquez-moi ce type, qu'on en finisse. Et au passage, t'expliqueras au légiste comment tu les as tués. Parce que lui, il a eu beau les examiner dans tous les sens, les macchabées, il a rien trouvé de franchement criminel. Monsieur est un magicien, en plus du reste ?

- Ah non, moi j'étais plombier, jusqu'à ma retraite, y a dix ans.

- On la prend tôt la retraite, chez les plombiers.

- Puisque je vous dis que j'ai soixante-quinze ans !

- Tu trouves vraiment que t'as une gueule de soixante-quinze ans ?

Il poussa Alphonse face à la vitre de la voiture et attendit. Alphonse regarda son image, ébahi. C'était exactement la tête qu'il avait du haut de ses quarante ou quarante-cinq ans.

- Attendez, attendez, attendez ! On est en quelle année, là ?

- Alors en plus, t'as un Alzheimer ?

- Oui, enfin non, enfin... Quelle année ?

- Deux mille vingt ! Ça te va ?

- Ah non, non, non, ça me va pas du tout ! C'est quoi cette blague ? À moins que... Nom d'un chien, j'ai compris ! Je viens de faire un saut dans le passé ! Mais comment j'ai pu faire ça ? J'ai rien vu, rien entendu, rien senti... En même temps, je comprends pourquoi je trouvais plus certaines tombes, elles étaient là mais pas à la même époque !

Le pauvre Alphonse se tourna vers le policier.

- Mais c'est horrible ! Il faut prévenir votre médecin légiste, il doit trouver la cause des décès ! Messieurs, on peut encore sauver l'humanité !

- Waouh ! Bon, écoute mon gars, ils sont tous morts d'un AVC, mais de là à dire comment t'as fait, mystère, parce que...

- Ah ! Nom de Dieu ! C'était ça ! Ils ont tous utilisé leur arme et ça a tué tout le monde !

- Bon maintenant, ça suffit ! Tu la boucles jusqu'au poste. T'expliqueras tout ça aux collègues.

Alphonse était assommé par ce qu'il venait de découvrir. Cette arme soi-disant expérimentale, une arme *propre* avait été utilisée et avait détruit la vie partout, par un AVC foudroyant. Les humains, les chiens, les poules.... Toute vie sur Terre.

Tout le long du trajet, les policiers continuèrent à rire de la situation et des réponses données par leur suspect.

Marrez-vous, les gars. Dans trente ans, vous allez tous crever. Et c'est peut-être même moi qui vais vous enterrer. Enfin non, j'y serai plus... Putain, c'était quand même bien la fin du monde. J'avais la paix.

On mit Alphonse dans une cellule de dégrisement, la seule disponible, avec d'autres gars ramassés pour une raison ou une autre. Au bout d'une heure, un de ses compagnons de cellule appela les policiers.

- Eh les mecs, il a fait un malaise, vot' type !

Alphonse était là, allongé, tout ce qu'il y avait de plus mort. C'est pas bon les voyages dans le temps, il vaut mieux repartir très vite dans son époque, sinon l'époque où on ne doit pas être vous traite comme un corps étranger qu'il faut éliminer. Les anticorps se mettent au boulot et paf...

- Ah merde, dit le policier qui l'avait interpellé, c'est idiot qu'il crève comme ça, il vous aurait raconté son histoire, les gars. C'était un truc de fou.

- Ouaip ! Ben on saura jamais comment ils les a flinguées, toutes ses victimes.

La radio fonctionnait en fond sonore et le journaliste présentait les dernières nouvelles de sa voix de premier de la classe.

La société américaine Electro-Wave vient d'annoncer qu'elle a débloqué une somme de plusieurs milliards de dollars pour commencer ses recherches pour la création de la fameuse « arme propre » idéale, qui ne détruirait pas les infrastructures, mais uniquement les ennemis, sans utiliser ni gaz ni chimie d'aucune sorte. La société japonaise Neutro-Light répond à cette annonce en disant qu'elle a déjà lancé ses propres recherches, qui devraient aboutir d'ici plusieurs dizaines d'années...

Gilles BERTIN

Un jour couleur d'orange

Je suis jeune retraité et j'ai découvert le plaisir de l'écriture très récemment, il y a quelques mois.

Pour l'instant, je me limite à des textes courts car j'ai encore du mal à me projeter dans un format plus long.

Insatiable lecteur depuis toujours, j'apprécie particulièrement les romans contemporains français ou étrangers mais je me lance parfois dans les grands classiques de la littérature.

Je m'intéresse beaucoup à l'actualité de notre monde, et suis également cinéphile, amoureux de la nature et des espaces infinis, jardinier amateur, randonneur en montagne et cerf-voliste quand le vent le veut bien.

Un jour pourtant un jour viendra couleur d'orange
Un jour de palme un jour de feuillages au front
Un jour d'épaule nue où les gens s'aimeront
Un jour comme un oiseau sur la plus haute branche

Louis Aragon, 1963

Nous sommes le lundi 29 mars 2222, vous écoutez la radio, il est 6h55, voici votre bulletin météo : *Aujourd'hui les températures seront plutôt fraîches pour un début de printemps, pas plus de 22 degrés au lever du jour et 35 degrés attendus au meilleur de l'après-midi. Le vent de secteur nord-est sera faible, 70 km/h en moyenne avec des rafales jusqu'à 100 km/h. Le soleil brillera généreusement toute la journée, avec peut-être quelques rares averses en soirée. La journée est classée verte, sorties autorisées en surface pour les matricules impairs.*

Nous sommes le mardi 19 juillet 2222, vous écoutez la radio, il est 6h55, voici votre bulletin météo : *Aujourd'hui les températures seront élevées, on attend pour les maximales près de 50 à 60 degrés à l'ombre du nord au sud. Le soleil brillera généreusement toute la journée, mais des orages violents sont prévus en soirée. L'activité électrique sera intense, et l'on peut craindre de très fortes chutes de grêle. La journée est classée rouge, sorties interdites en surface.*

Nous sommes le jeudi 11 octobre 2222, vous écoutez la radio, il est 6h55, voici votre bulletin météo : *En ce début d'automne, une tempête venue de l'océan Ouest s'annonce pour cet après-midi, avec son cortège de vents violents et de trombes d'eau. Les rafales les plus fortes atteindront 400 km/h en pointe, et on attend ponctuellement plus d'un mètre de pluie en quelques dizaines de minutes, ce qui provoquera des inondations soudaines et des glissements de terrain. La journée est classée rouge, sorties interdites en surface.*

Les années précédant le vingt-troisième siècle, le réchauffement de l'atmosphère provoqué par les multiples activités humaines avait progressivement conduit à un changement climatique radical, rendant la surface de la terre inhabitable pour la plupart des espèces vivantes. La chaleur était caniculaire une grande partie de l'année, desséchant les sols et la rare végétation qui survivait à grand peine. L'air vibrant de l'été, chauffé à blanc par un soleil impitoyable, brûlait la peau, les poils, les plumes et les écailles. Des pluies diluviennes tombaient en cataractes, inondant les plaines et les vallées, des torrents boueux chargés de rochers déboulaient en vagues monstrueuses emportant tout sur leur passage. Les orages étaient dantesques, générant parfois des grêlons gros comme des pastèques qui dévalaient du ciel tels des bombes glacées, anéantissant toute forme de vie, mieux qu'une arme de destruction massive. Les tempêtes et les tornades avaient éradiqué les arbres de la surface de la terre, seule subsistait une végétation poussant au ras du sol en troncs tortueux façon bonzaï, produisant de rares baies flétries et insipides. Face à ces conditions extrêmes, tous les animaux avaient peu à peu disparu, à l'exception de quelques obscures espèces d'invertébrés vivant dans le sol à une profondeur suffisante pour échapper à la morsure du soleil. La sauvegarde de la biodiversité n'était plus un débat depuis longtemps.

Des esprits éclairés et visionnaires avaient rêvé jadis de coloniser la planète Mars pour préserver l'humanité des cataclysmes, aujourd'hui, plus modestement, une poignée de millions de terriens survivaient comme des taupes, reclus dans des galeries souterraines. Ces tunnels étaient creusés à une centaine de mètres de profondeur, où la température restait proche de vingt degrés tout au long de l'année. Un réseau reliait différents espaces dédiés à des activités spécifiques, de vastes dortoirs pour le repos, des réfectoires où la nourriture était prise en commun, des salles de sport pour épuiser les corps et endormir les esprits.

Il était désormais illusoire de faire pousser à la surface de la terre le blé, le riz, le maïs, les fruits, les légumes, et les quelques tentatives pour installer des cultures hydroponiques dans les galeries avaient échoué, à cause du manque d'espace et des besoins exorbitants en eau et en énergie. Plus de végétaux sur la planète, par conséquent l'élevage d'animaux domestiques était devenu impossible. L'eau des mers, des lacs et des rivières s'était réchauffée, favorisant la prolifération d'algues vertes microscopiques qui formaient une espèce de bouillon de culture, pauvre en oxygène et impropre à la vie aquatique, dès lors disparus aussi les poissons, crustacés et autres coquillages.

Au fur et à mesure de l'extinction des végétaux et des animaux, des famines catastrophiques décimèrent des centaines de millions de femmes et d'hommes. Seuls les porteurs du gène récessif 5468 sur le chromosome 17, tolérant une alimentation exclusive à base de protéines de lépidoptères, survécurent à cette sélection darwinienne impitoyable. Ainsi en 2222, la seule source de nourriture pour les humains était à base d'insectes. Des élevages de chenilles en silos géants fonctionnaient en circuit fermé, un astucieux processus de parthénogenèse assurait la reproduction en continu sans passer par la phase sexuée, elles ne se métamorphosaient plus en jolis papillons aux couleurs veloutées. Les larves arrivées à maturité étaient séchées puis broyées en une poudre insipide que l'on pouvait consommer telle quelle, ou diluée dans l'eau pour obtenir une espèce de brouet. La nourriture n'était plus une source de plaisir mais un mal nécessaire, on ne prenait plus son assiette en photo depuis des lustres.

Chaque personne avait un matricule tatoué à l'intérieur du bras, le numéro pair ou impair déterminait les jours de sorties quand la météo le permettait. Lorsque la journée était classée verte, les gens faisaient la queue aux ascenseurs géants pour atteindre la surface et profiter de la lumière du soleil. Les sorties étaient limitées dans le temps et dans l'espace, chacun devait se munir d'une attestation précisant l'heure et le périmètre choisi, une police zélée contrôlait scrupuleusement les déplacements. A la sortie des ascenseurs, avant de sortir à l'air libre, on pénétrait d'abord dans un long tunnel en carrelage blanc, dit sas de compression lumineuse, où l'on devait cheminer de longues minutes sous des lampes halogènes d'intensité croissante avant de pouvoir émerger à la lumière du jour. Ne pas suivre ce protocole exposait à des brûlures de la rétine, voire pour les cas plus graves à une cécité totale. D'ailleurs, nombre d'humains réfractaires qui avaient cru pouvoir s'affranchir de ces contraintes étaient devenus aveugles comme des taupes. Après le passage dans le sas de compression, on avait le choix entre deux options. Une promenade fléchée dans un paysage semi désertique, où, de loin en loin, sur des panneaux géants, on pouvait voir des photos d'arbres et de fleurs aux couleurs vives, de prairies vertes piquetées de vaches, de cascades et de rivières aux eaux limpides.

Cela rappelait des souvenirs aux plus vieux et ne suscitait qu'indifférence chez les plus jeunes. Sinon on pouvait occuper ses deux heures étendu dans une chaise-longue, face au soleil pour profiter de ses rayons et faire le plein de vitamine D. Cette exposition avait lieu dans d'immenses amphithéâtres où des milliers de transats s'alignaient en rangs serrés sur plusieurs niveaux. L'ensemble tournait sur un axe pour suivre la course de l'astre solaire, des haut-parleurs géants diffusaient des chants d'oiseaux sur un discret fond sonore de gazouillis aquatiques.

Les communautés humaines étaient organisées en colonies, avec à leur tête un commandant qui avait tous les pouvoirs. Par le passé, les démocraties plus ou moins libérales avaient échoué à sauver l'humanité des catastrophes, aujourd'hui la dictature était considérée comme le seul régime politique efficace pour le bien commun et la survie de tous. Chacun l'acceptait et s'y soumettait avec docilité. Au cours des années deux mille, les esprits progressistes avaient craint l'accession au pouvoir de l'extrême droite dans les pays occidentaux, mais depuis l'opinion publique avait radicalement évolué et en 2222, l'autocratie et le fascisme étaient devenus banals, voire désirables.

La colonie pourvoyait aux besoins vitaux des individus, essentiellement la nourriture, la plupart du reste étant considéré comme non indispensable. Il n'y avait plus d'industrie pour la production de biens matériels, plus d'échanges commerciaux et donc plus de circulation d'argent. On utilisait des stocks d'objets et de vêtements récupérés des siècles passés, entreposés dans d'immenses hangars et distribués en fonction des besoins de chacun. Tous les individus étaient égaux, l'utopie communiste enfin réalisée, mais un peu tard et dans des conditions qui n'incitaient pas vraiment aux lendemains qui chantent.

La reproduction était scrupuleusement contrôlée, chaque femme devait avoir deux descendants seulement, un mâle et une femelle, pour assurer la pérennité de l'espèce. Cette règle faisait l'objet de vifs débats et controverses entre ceux qui pensaient, à quoi bon survivre dans ces conditions, plutôt laisser l'humanité s'éteindre à petit feu, et d'autres plus optimistes qui croyaient encore en une hypothétique solution miracle qui permettrait un regain du genre humain. Les croisements et le choix des géniteurs étaient planifiés par une commission ad hoc afin de maximiser les bénéfices pour la communauté. L'amour n'existait plus, effacé par les préoccupations survivalistes, les coïts planifiés et purement mécaniques étaient autorisés uniquement à des fins d'enfantement. Ainsi la femme était de nouveau cantonnée à son rôle de procréation et d'élevage, un juste retour des choses, pensaient certains à voix basse.

Dans ce contexte de confinement quasi-permanent, la santé mentale des humains était extrêmement dégradée, la schizophrénie et la paranoïa monnaie courante, les meurtres arbitraires innombrables. Les armes étaient interdites et réservées à la police pour l'exercice de la violence légitime, mais on pouvait facilement se procurer des couteaux qui suffisaient amplement pour trancher les gorges et percer les ventres. Le délitement de ce qui n'était plus une société était manifeste, un parfum nauséabond de fin du monde imprégnait les corps et esprits. Une partie de l'humanité était lasse de survivre dans ces conditions sans horizon désirable, ne sachant comment faire pour mettre un point final à l'histoire.

Nul n'imaginait quelle forme allait prendre l'effondrement ultime.

Dans la nuit du 13 novembre 2222, l'orbite de la terre traversa une ceinture d'astéroïdes. La plupart des corps célestes de petite taille furent instantanément carbonisés dans l'atmosphère, créant de somptueuses pluies d'étoiles filantes que personne ne vit, mais quelques dizaines de météorites géantes atteignirent la surface de la planète. Ces chocs titanesques engendrèrent des ondes sismiques colossales à très haute fréquence, comprimant le magma en fusion au centre de la terre. Les hommes-taupes furent réveillés en sursaut par des secousses d'apocalypse, accompagnées de roulements de tonnerre qui semblaient cascader des forges de l'enfer. Les tunnels s'écroulèrent, ensevelissant au passage des centaines de milliers d'hommes et de femmes qui, surpris dans leur sommeil, erraient comme des somnambules. Sous l'énorme pression de plusieurs centaines de bars, la température et le volume du magma furent décuplés. De failles se formèrent tout autour du noyau et progressant par déchirements successifs, atteignirent la surface de la terre et les abysses des océans. Le magma en surfusion monta lentement le long de ces fissures, infiltrant tous les interstices, pour s'épancher en un manteau visqueux couleur d'orange, qui recouvrit uniformément les terres émergées sur plusieurs dizaines de mètres de hauteur. A son passage, les hommes-taupes qui avaient survécu aux séismes furent aussitôt carbonisés et réduits en minuscules scories noires.

Dans le fond des océans, au contact du magma ardent, l'eau se vaporisa instantanément en cumulus blancs qui s'élevèrent en champignons joufflus à des kilomètres d'altitude, bien au-delà de la stratosphère.

Vue de l'espace, la terre ressemblait alors à une cocotte-minute sous pression crachant des milliers de jets de vapeur, prête à exploser. En quelques jours, toute trace d'eau avait disparu de sa surface. Comme les continents, le fond des mers, des lacs et des océans était tapissé par ce linceul couleur d'orange. La planète bleue était devenue la planète orange. A l'instar de ses voisines du système solaire, elle n'émettait plus aucun signe de vie.

Bien des années plus tard, une intelligence des confins de l'univers envoya plusieurs centaines de sondes à travers les galaxies, à la recherche de traces d'organismes vivants. La planète orange fut, comme beaucoup d'autres, explorée par un engin robotisé, prise en photo sous tous les angles, échantillonnée sous toutes les coutures. Après l'analyse de milliers de clichés et de prélèvements solides, liquides ou gazeux, les conclusions de leurs scientifiques furent formelles, la planète orange n'avait jamais abrité une quelconque forme de vie.

Corinne BESSON

La Trace

Corinne Angeli-Besson est née en 1964 à Marseille, où elle vit.

Dermatologue, elle fait partie du groupement des écrivains médecins.

Elle est l'auteur de deux recueils de nouvelles à paraître aux éditions Anfortas:

- *La Ballade de la jeune fille triste*
- *Remettons l'amour à sa place*

Ainsi que de deux romans :

- *Le Thé des amants*
- *Confidences d'un poisson rouge*

Du plus loin qu'elle se souvienne, elle avait toujours aimé dessiner. Dédaignant les jeux des autres enfants, elle s'agenouillait sur le sol en terre battue, et à l'aide d'une pierre aiguisée, y traçait inlassablement les mêmes motifs. Au fil du temps, elle avait affiné sa méthode grâce aux morceaux de charbon de bois qu'elle ramassait près du foyer et cachait sous son lit. Sitôt les femmes de la tribu absorbées par l'une de leurs nombreuses tâches, elle s'entraînait à imiter les gestes ancestraux des chamanes, à l'abri derrière un rocher. La fillette avait compris très tôt que son don devait demeurer secret. La seule dans la confidence était Mâ, mais pour rien au monde elle ne l'aurait révélé aux autres femmes. Mâ l'avait recueillie à la naissance, sa mère étant morte en couches. C'est tout naturellement qu'elle avait offert son lait à la petite orpheline, ayant elle-même perdu un nourrisson. Depuis, elle veillait sur la fillette, pourvoyant à ses moindres besoins et lui vouant un amour sans bornes. En son for intérieur, elle pressentait que cette enfant farouche et secrète, cadeau du hasard, serait promise à un grand destin. Elle l'aiderait à tracer sa voie malgré l'animosité que certains ne manqueraient pas de lui porter quand ils percevraient ses différences.

Durant la mauvaise saison, la communauté se réfugiait à l'intérieur des terres, privant ainsi la jeune fille de son activité favorite. Il lui faudrait attendre d'innombrables lunes avant que les animaux ne repeuplent la vallée, suivis de près par les hommes. L'hiver, elle s'ennuyait à mourir, sauf dans les rares occasions où elle trouvait un abri où dessiner ; mais elle n'y restait jamais longtemps, le danger aiguisant les sens des femmes, qui la rappelaient à l'ordre dès qu'elle s'éloignait.

C'est au cours d'une de ces migrations hivernales qu'elle rencontra le garçon. Il appartenait à une communauté nomade qui campait au bord du fleuve. Guère plus âgé qu'elle, il semblait lui aussi épris de solitude, ce qui ne l'empêchait pas d'apprécier sa compagnie. De son côté, elle l'aurait écouté pendant des heures, si Mâ ne les avait interrompus au moindre prétexte : non que le jeune homme lui déplaise, mais il arrivait un peu tôt dans la vie de sa fille, qui n'avait pas encore saigné.

A la lueur du foyer, les yeux du garçon brillaient tandis qu'il lui décrivait l'immense lac salé, si vaste qu'on n'en apercevait pas l'autre rive, les coquillages de nacre avec lesquels il se confectionnait des parures, les lourds oiseaux aux ailes atrophiées, et les grands poissons gris qui s'élançaient au-dessus de l'eau. Un soir qu'ils s'étaient attardés au coin du feu, elle esquissa d'un trait l'oiseau incapable de voler, au risque de se brûler avec le charbon incandescent. En retour, le garçon révéla à la jeune artiste l'existence du Sanctuaire, lieu sacré où les membres de sa tribu communiquaient avec leurs ancêtres.

Malgré la température glaciale et les nuits sans fin, le temps s'envolait à tire d'ailes... jusqu'à ce soir funeste où le chef de l'autre tribu décida de partir vers le nord. La veille du départ, le garçon lui promit de l'emmener au Sanctuaire, dont la seule évocation la faisait déjà rêver.

Jour après jour, elle attendit son retour, avec au fond du cœur, la crainte de ne jamais le revoir. Le temps s'étirait avec une lenteur désespérante : la température s'adoucit, l'herbe verdit, les bêtes mirent bas sans parvenir à l'accélérer. Durant cette période, elle s'adonna corps et âme au dessin, seul dérivatif à son ennui. Ses progrès s'avérèrent fulgurants, pour la plus grande fierté de Mâ.

Il lui fallut encore patienter toute une bonne et toute une mauvaise saison, avant que le garçon ne revienne enfin la chercher. C'était maintenant un homme, ses épaules s'étaient élargies et ses muscles développés. Au regard qu'il lui jeta, elle comprit qu'elle aussi avait changé. Cette fois, Mâ ne fit aucune difficulté à les laisser seuls.

Il se mirent en route à la lune montante de la saison chaude. L'air semblait plus léger, un vent presque doux ébouriffait leurs cheveux tandis qu'ils cheminaient à travers la steppe. Elle ne ressentait aucune peur malgré les bruits de cavalcades des troupeaux et le rugissement des lionnes en chasse. Des saïgas traversèrent le chemin, leur offrant le spectacle de leur course gracile.

Après une marche de plusieurs heures, ils atteignirent enfin le talus rocheux que le garçon lui avait décrit dans les moindres détails. Il dégagea avec sa hache les branches épineuses qui barraient l'entrée de la grotte, puis ils franchirent une arcade dont la taille modeste déçut la jeune fille. Le garçon alluma une torche puis guida son amie le long d'un étroit boyau qui s'élevait en pente douce. Ils débouchèrent dans une salle exigüe et basse de plafond. Malgré sa veste en peau, la jeune fille sentit un frisson lui parcourir le corps. Une multitude de gouttes d'eau sourdaient du plafond avant de s'écraser sur le sol avec un bruit mat, qui résonnait étrangement sous les arches de pierre. Comme elle s'attardait, pas très rassurée, son compagnon l'entraîna vers une deuxième salle bien plus vaste que la première. Quand il alluma sa lampe après avoir mouché la torche contre une colonne noircie par cet usage, elle ne put réprimer un cri d'admiration, réfléchi sous l'immense voûte. Mais elle n'était pas au bout de ses surprises. D'un geste ferme, le garçon lui saisit la main pour la guider vers la paroi, puis lui tendit un roseau ainsi qu'une coupe pleine à ras bord d'un contenu qu'elle n'eut aucun mal à identifier. D'un mouvement presque sensuel, elle caressa lentement la roche, d'abord du bout des doigts, puis avec toute la paume. Elle inspira profondément et souffla de toutes ses forces. Tandis que l'air s'échappait de ses poumons, un vertige la prit. Soudain elle réalisa que sa main ne lui appartenait plus, mais qu'elle venait de se fixer pour l'éternité, à la fois ancrée dans le passé et tendue vers le futur. Au même instant, quelque chose remua en elle, un mouvement presque imperceptible... une palpitation si légère qu'elle douta de l'avoir perçue. A son tour, elle prit la main du garçon et la posa sur son ventre.

.../...

Du plus loin que je me souvienne, j'ai toujours aimé la mer. A quatre ans, je nageais déjà comme un poisson. Quand on la chance, comme moi, d'être d'origine bretonne et née au bord de la méditerranée, on a de l'eau salée qui coule dans les veines. Il faut dire que les fées – ou plutôt les sirènes - s'étaient penchées très tôt sur mon berceau, en la personne de mon oncle paternel, aventurier dans l'âme. Formé à la rude école des Glénans, il avait exploré tous les océans du globe, convoyant des voiliers des Antilles à la côte d'Azur puis réparant des pipelines sous-marins jusqu'à ce qu'il ait amassé un pécule suffisant pour s'acheter son propre bateau et devenir moniteur de plongée.

Homme secret, un peu bourru, il avait souvent le regard absent, comme tourné en lui-même. Ses cheveux drus, son teint buriné par des années de soleil et d'intempéries, sa barbe hirsute trahissaient le faible intérêt qu'il portait à son apparence. Bien que peu loquace, il aimait faire le récit, plus ou moins enjolivé, de ses exploits à sa nièce préférée. En retour, Je lui vouais une admiration sans bornes, qui n'était pas du goût de ma mère depuis qu'elle m'avait surprise la tête dans la baignoire. Elle m'avait saisie par la peau du cou et tirée sans ménagement hors de l'eau, interrompant ainsi mon record d'apnée. Appelée à la rescousse, ma grand-mère invectiva mon oncle en italien, au risque de le faire rougir s'il avait pu la comprendre. Nullement impressionnée, je repris mon entraînement dès que les deux femmes eurent le dos tourné.

Pour mes treize ans, mon oncle m'offrit un baptême au large des calanques. Au bout de quelques semaines, je plongeais déjà à vingt mètres, mais la rentrée des classes mit un terme à mes exploits. Quelle ineptie de m'enfermer entre quatre murs, alors que j'apprenais tant de choses sous l'eau ! Les journées se traînaient avec une lenteur désespérante, je rongeais mon frein dans l'attente des prochaines vacances, qui me ramèneraient sur le bateau. J'y rencontrai des amis de mon âge, Yann et Pascale, tout aussi passionnés que moi, et nous devînmes très vite inséparables.

Eté après été, nous gravîmes ensemble les différents niveaux de plongée. Mon oncle se montra très fier de ma réussite au monitorat. La relève était assurée !

Vint ce jour dont la date restera à jamais gravée dans ma mémoire. Le 9 juillet 1991, nous avons embarqué, Yann, Pascale, mon oncle et moi, sur le bateau, après nous être frayé un chemin à travers la foule des soirs d'été. Je me souviens du moindre détail comme si c'était hier. Lorsque j'ai tourné la clé sur le contact, le moteur a toussé et crachoté à plusieurs reprises, tel un vieux bronchitique, avant de démarrer. Sur le quai, un touriste désœuvré nous regardait faire, je lui ai lancé les amarres qu'il a attrapées au vol, puis j'ai pris la barre. Au fur et à mesure que nous nous éloignions de la côte, le brouhaha s'estompait ; les terrasses prises d'assaut se fondaient peu à peu avec les façades des maisons. J'ai mis le cap sur les calanques, et bientôt, la petite station balnéaire s'est réduite à une tache de lumière au loin.

Nous avons mouillé face à la pointe de la Voile, entre Morgiou et Sujiton. Sous le ciel piqueté d'étoiles, l'étendue sombre de la mer s'offrait à nous. A la perspective de découvrir ce lieu dont le seul nom me faisait rêver, je ne me tenais plus de joie. Avant de sauter du pont, mon oncle nous a recommandé une dernière fois d'éviter les coups de palme, pour ne pas soulever les sédiments. Tandis que nous nous enfoncions sous la mer, le long du tombant rocheux tapissé de gorgones orange et bleues, un profond bien-être m'envahissait. La densité du temps semblait s'accorder à celle de l'eau, je me sentais en parfaite harmonie avec les éléments, sans plus me soucier du passé ni de l'avenir. Soudain, j'ai aperçu l'ouverture, à moins 37 mètres, comme l'indiquait mon profondimètre. Nous nous sommes faufilés dans le boyau, progressant les uns derrière les autres, agrippés au fil d'Ariane. Au bout d'environ deux cents mètres, juste après un coude à angle droit, nous avons débouché dans un lac souterrain à la surface aussi lisse qu'un miroir, qui donnait sur une grotte plutôt basse de plafond. Sous la conduite d'Henri, nous avons poursuivi notre périple jusqu'à une petite plage de galets. En émergeant de l'eau, j'ai été prise de vertige. Un cri d'admiration m'a échappé : à la lueur de nos lampes de plongée, une deuxième salle ornée de stalactites et de stalagmites, au plafond si haut qu'on se serait cru dans une cathédrale, brillait de mille feux. Je n'imaginais pas autrement la caverne d'Ali Baba ! Nous en avons exploré les moindres recoins, à la recherche d'un autre boyau. Dans le faisceau de la lampe de Yann, se profilant avec netteté sur la paroi, est soudain apparue une main auréolée de rouge.

- Quel est le couillon qui a tagué la grotte !? s'est exclamé Henri.

- On dirait une peinture préhistorique ! l'a coupé Pascale.

Sans plus réfléchir, je me suis approchée, et d'un geste presque sensuel, j'ai caressé la paroi, d'abord du bout des doigts, puis avec toute la paume, recouvrant ainsi la main fixée dans le pigment. Au même instant, quelque chose à remué en moi, un mouvement presque imperceptible, une palpitation si légère que je doutais de l'avoir perçue...

Je vous dois un aveu, ma fille n'est venue au monde que deux ans plus tard. Mais à Marseille, on aime bien enjoliver la réalité. Demandez à mon oncle Henri, ce n'est pas lui qui vous dira le contraire. Dommage qu'il nous ait « effacés » de sa découverte. Moi aussi, j'aurais bien aimé laisser ma trace.

Alice CATHERINE

Eternité

Née en 1983 à Bruxelles, Alice Catherine a toujours été passionnée par les mots et les histoires. Dès son plus jeune âge, fille unique, son esprit créatif se met en place.

Après des études littéraires à l'ULB, elle se lance dans l'écriture, influencée par divers auteurs lus depuis son adolescence, comme Stephen King, Paul Auster, Amélie Nothomb, Ernest Hemingway, Mongo Beti ou Amadou Kourouma.

Son premier recueil de nouvelles, ainsi que son premier roman, paraissent sur Amazon en 2012. On y découvre une écriture imagée, avec de belles galeries de personnages, une manière personnelle de raconter les choses et un certain suspens.

Enseignante, elle se remet à l'écriture en 2024. .

Nous nous connaissions maintenant depuis près de 4000 ans. Aussi loin que remonte la noblesse de nos tribus, aujourd'hui disparues.

La première fois que je le rencontrai, c'était au palais de mon père, non loin de Lebena, où il régnait en maître.

Mon père avait décidé qu'il était temps que je me marie. Et afin d'assurer la pérennité de son Etat en rapprochant son peuple de celui venu par-delà la mer, je fus donc promise au plus jeune fils du seigneur régnant de ce côté-là des terres.

Mes sœurs plus âgées avaient été mariées aux fils d'autres rois de la région, permettant déjà à mon père de ne plus devoir se soucier d'autres invasions terrestres.

Afin de ne pas chagriner ma mère plus que de nécessaire, il fut décidé que le Prince et sa délégation viendraient jusqu'à nous. La traversée de la mer ne m'enchantait pas, pas plus que l'idée de n'avoir jamais pu rencontrer celui qui deviendrait mon époux, mais mon père me fit savoir qu'il avait déjà reçu la somme nécessaire et que l'affaire était entendue. Je n'avais plus qu'à attendre la prochaine bonne marée qui me ferait venir mon futur mari, dans une telle appréhension que je perdis l'appétit plusieurs jours durant.

La mer fut d'huile pendant près d'une semaine. Debout, appuyée aux murs du palais, construit sur le promontoire de notre territoire, je passai ainsi de longues heures à scruter l'étendue maritime devant moi. Aussi, un jour où le vent s'était enfin levé, je vis un point noir se détacher de l'immensité bleue.

Je fus appelée dans ma chambre pour être couverte de voiles et d'or avant d'entrer dans la salle d'apparat du palais, bondée de monde. Les personnes présentes s'écartèrent sur mon chemin et je me retrouvai devant un homme qui me semblait bien grand. N'osant trop lever mon regard, je lui jetai un nouveau coup d'œil furtif. Il parla à un homme de sa délégation qui parla à son tour à mon père. Je levai mes yeux vers lui, jamais je n'avais entendu une aussi jolie voix que la sienne.

../..

Il était 14h37 à l'écran de mon pc quand Jérôme entra dans notre bureau. Il avait été promu responsable de la formation des nouveaux pour cette année. Je ne savais dire si cela lui convenait ou l'ennuyait profondément.

Un troupeau de personnes s'engouffra par la porte. Jérôme présenta notre service dans les grandes lignes et cita nos prénoms dans le désordre, nous permettant un signe de la main pour indiquer notre présence, comme les enfants en colonie. Il cita alors quelques prénoms en retour pour nous présenter les nouveaux. Je ne pris pas la peine de tous les écouter : à travailler 40 heures par semaine pour moins de 1200€ nets, la moitié de ces intérimaires ne serait plus là d'ici quinze jours.

Certains posèrent quelques questions sur le fonctionnement de notre service, nous leur répondîmes tour à tour. Jérôme nous fit signe de nous dépêcher, il n'était pas question de les payer à ne rien faire.

Le troupeau fit alors demi-tour, nous eûmes droit à plusieurs « au revoir ». Parmi toutes ces voix, une me fit tressaillir. Je balayai l'assemblée des yeux, mais ne pus distinguer personne car ils étaient déjà de dos, pressés par Jérôme, qui soupira en fermant la porte.

Je mis plusieurs secondes à retrouver la concentration nécessaire pour travailler dans le dossier du client suivant.

../..

Mon futur mari et mon père trouvèrent rapidement une langue commune afin de se passer du traducteur qui rendait chaque échange infiniment trop long. Je ne compris plus un mot de ce qu'ils se dirent ; mais cela m'importait peu. S'il était possible de tomber amoureuse d'une voix, je dus me rendre compte que c'était bien mon cas. Je ne sus plus détacher mon regard de celui qui allait devenir alors mon mari.

Il avait une voix grave et soyeuse. Il parlait comme coule l'eau des ruisseaux dans les plaines. Jamais sa voix ne s'éleva, tout au plus il rit à plusieurs moments. Il me sourit. Mon père me fit signe d'approcher.

Il prit ma main et la mit sur celle du Prince. Il serra mes doigts entre les siens et me sourit. Mon mari était beau, je ne pouvais qu'être une femme heureuse.

Le traducteur nous suivit à travers la grande salle bien que nous ne nous échangeassions pas un seul mot ; arrivés dans le couloir, le Prince lui fit un signe et nous restâmes alors seuls. Il me sourit, je ne savais que faire.

../..

Notre plateau était découpé en divers secteurs d'activité. La saison battait son plein et nous avions à peine le temps de penser à manger à midi. Les bras chargés de dossiers, je quittai notre bureau et partis les déposer devant certains collègues. Je reçus quelques mercis, parfois même, ils détachèrent leur regard de l'écran. J'arrivai au bureau du dernier collègue. Je lui tendis le document, il me fit signe de la main pour que j'attende un instant. Il prit congé du client qu'il avait en ligne.

- C'est super gentil d'être venu jusqu'ici... Merci. Je m'appelle Bruno, dit-il en tendant la main vers moi.

Je restai un instant sans rien dire, perdue entre l'immensité de ses yeux et les papiers que je tenais en main. Devant mon silence, Bruno haussa les sourcils et se retourna vers l'écran de son ordinateur.

- Moi, c'est Gladys, répondis-je enfin en esquissant un sourire. Je travaille...

- Dans le petit bureau là-bas, oui, je sais.

- Ah oui ?

- Oui, je...

Il passa nerveusement sa main dans sa nuque, un sourire aux lèvres.

-... Je suis en pause dans dix minutes.

- Ok, cool.

Derrière le dernier sourire que nous nous échangeâmes, je me demandai pourquoi il me disait cela. Je regagnai ma place, perplexe.

Par la porte entrouverte, j'avais vue sur la machine à café de l'étage. Jamais dix minutes ne me parurent si longues.

../..

Le Prince et moi marchions parmi les longs couloirs du palais. Il me fit signe alors que nous passions devant un des petits balcons ; je pensai qu'il m'invitait à m'asseoir. Je m'exécutai et il s'assit face à moi.

La nuit était douce et portait les clameurs de la foule, massée de l'autre côté du palais, tout comme le mélange de la senteur des fleurs d'amandier de la cour et de la viande qui cuisait depuis des heures pour calmer l'appétit de nos convives.

Le Prince tendit la main vers l'extérieur et de sa magnifique voix, lança des mots dont je ne compris que la mélodie. Il devait réciter un poème, je souris poliment.

Le Prince parla plus lentement en détachant les syllabes, je maudis mon père de ne jamais m'avoir appris une autre langue que celle de notre île. Le Prince mit la main droite sur sa poitrine et dit « Mokthep » avant de tendre ses longs doigts vers moi. Je compris qu'il me demandait mon nom.

- Tychê, répondis-je.

Il parut ravi. Il répéta mon nom. Nous échangeâmes un sourire ; la lumière des torches du couloir renvoyait des lueurs sur sa peau mate. Il avait une beauté que je ne connaissais pas mais à laquelle je succombais seconde après seconde.

Il parut hésiter et me prit la main, mon cœur sursauta. Il me dit de nombreux mots auxquels je ne comprenais rien. Il se tut. D'un doigt, il pointa la lune en me regardant.

- La lune ? demandé-je.

Il répéta ce mot et m'en dit un autre ; à mon tour, je tentai de le répéter. Il serra ma main dans la sienne, je me sentis minuscule à ses côtés et pourtant entièrement protégée.

Mokthep et moi passâmes toute une partie de la nuit à échanger mots, silences et regards.

../..

Bruno jouait avec le gobelet de son café, je me levai pour aller lui parler. J'avais néanmoins sous le bras une pile de feuilles sans importance pour légitimer mon déplacement si jamais je manquais de courage au moment voulu. Le regard de Bruno se posa sur moi dès que je franchis la porte du bureau.

- Tu ne bois toujours pas de café, je suppose ? me demanda-t-il en me tendant une tasse de thé.

Je fus surprise et voulus accrocher un sourire à mes lèvres pour me donner de la contenance, mais je me retrouvai figée devant lui. Je parvins juste à articuler :

- Tu penses me connaitre ?

- Je sais que tu ressens la même chose pour moi, n'est-ce pas ?

- Lorsque je t'ai entendu dire bonjour, à ton premier jour ici, j'ai failli passer la journée à appeler notre Call Center pour entendre ta voix...

- Ton regard me perd toujours autant. Je me demande comment j'ai pu vivre sans avoir tes yeux sur moi.

Un de nos collègues vint à son tour, notre moment touchait à sa fin. Bruno me glissa :

- On mange ensemble un de ces midis ? J'ai tellement de choses à te dire.

Sans réfléchir, je lui répondis :

- Mardi midi, c'est bon pour moi.

Il hocha la tête et partit de son côté. Je restai dans la cuisine, avec ma tasse en main.

../..

      Le surlendemain, le vent se leva, on affréta nos bateaux. Mokthep était dans de longues discussions avec ses conseillers.

A la balustrade du bateau, je vis tous les miens s'éloigner de moi. Mokthep déposa sa main sur la mienne, en me serrant contre son torse, j'entendis son cœur battre. Je quittai les rivages de mon enfance dans cette musique inconnue. Le tangage commença, deux de mes servantes se précipitèrent vers les rambardes ; le voyage s'annonça long.

../..

      J'avais mille fois écrit un mail à Bruno pour tout annuler ou pour avancer la date. Je n'avais rien envoyé finalement, ne sachant vraiment comment lui dire ce que je voulais. J'attendis donc mardi simplement. Le jour arriva enfin. Je le retrouvai au réfectoire de la boîte. Il se leva de sa place lorsque j'arrivai. J'avais toujours aimé ce genre de romantisme inattendu.

- Bonjour Gladys.

- Salut, tu vas bien ?

- Tu parles, je n'ai presque pas dormi de la nuit en pensant à ce midi. Je n'ai pas compris pourquoi tu ne m'approchais pas depuis que je suis ici. J'avais presque perdu espoir en pensant que je m'étais trompé de personne, dit-il en me tenant la main.

Je restai immobile. Je reconnus la douceur de sa peau. Je commençai à ne plus pouvoir respirer.

- Ça fait si longtemps que je te cherche, ajouta-t-il encore.

Je voulus dire quelque chose mais aucun son ne sortit de ma bouche.

- Tu comprends ce que je te dis, n'est-ce pas ?

Je hochai la tête.

- Ça fait sens pour toi aussi ? Tu crois qu'il y a une explication à tout ça ? Parce que c'est toujours bizarre de dire ça à la mauvaise personne ; mais toi, c'est toi, j'en suis certain, je ne sais même pas comment j'ai pu hésiter en voyant d'autres filles. Je te cherche depuis si longtemps...

Il sembla apaisé. Je réussis à remettre deux pensées ensemble.

- Pourquoi tu arrives maintenant ? lui demandé-je.

- Je n'en sais rien et je m'en fous. Je t'ai retrouvée, c'est tout ce qui compte.

Mon téléphone vibra dans mon sac, « Maison » s'afficha à l'écran. Je le laissai vibrer.

- Tu ne réponds pas ?

- Le moment est mal choisi.

Il me fixa.

- Tu es mariée ?

Apparemment, l'idée qu'un autre homme soit dans ma vie semblait lui faire autant de mal qu'à moi en cet instant.

- On n'est pas marié, mais on vit ensemble... depuis neuf ans.

Bruno détourna le regard et plaça ses deux mains à l'arrière de sa tête.

- Tu comptes faire quoi ?

- Je ne sais pas.

- Tu m'avais oublié ?

- Je ne sais pas.

Nos regards se croisèrent. Comment avais-je pu oublier son regard ?

../..

Le ciel s'assombrit et le vent redoubla rapidement ; le ponton fut vite trempé par les bourrasques d'eau qui passaient les rambardes. Mokthep vint avec moi dans notre cabine après avoir parlé avec quelques marins.

Il ferma le verrou. Devant mes yeux apeurés, il me parla lentement et fit de drôles de bruit avec sa bouche, accompagnés de grands gestes.

- De l'orage ?

A mon tour, j'imitai les éclairs et le bruit du tonnerre. Il acquiesça. Les marins l'avaient donc prévenu de l'arrivée d'un orage.

Mokthep vint vers moi et prit mes deux mains entre les siennes.

- Tychê... commença-t-il.

Puis ses mots se perdirent, à son habitude, laissant simplement la mélodie de cette langue que je ne connaissais pas encore et la profondeur de sa voix remplir mon corps. Je sus que je n'avais plus rien à craindre.

../..

Un soir où je terminais mes dossiers, seule dans le bureau, la porte s'entrouvrit et Bruno entra. Il me prit la main et m'attira contre lui. Il était bien plus grand que moi. Comme toujours.

L'oreille contre son torse, j'entendis à nouveau la course de son cœur. Je respirai lentement, son odeur me revint. Il m'embrassa les cheveux.

- Gladys, ma Gladys.

Je passai mes bras autour de lui. Il était bien revenu, j'eus presque envie de pleurer.

- Tu penses que tu peux venir chez moi ce soir ?

Je secouai la tête.

- Trouve une excuse, tu me manques, Gladys. Ça doit faire 150 ans que je n'ai plus ressenti ça.

Je m'écartai de lui.

- Parce que tu crois que je ressens quoi ? Bruno ! Je ne sais même plus comment je m'appelle le matin, lorsque je me réveille.

Il passa ses longs doigts sur mon visage.

- Trouve un prétexte, il le faut, Gladys.

Je remis la tête contre lui, en espérant que personne ne puisse avoir l'idée saugrenue d'ouvrir la porte de mon bureau en cet instant.

J'échafaudai un plan pour pouvoir m'absenter de la maison, ne serait-ce qu'un soir ; à la fin du week-end, j'avais trouvé l'idée et l'histoire qui allait avec. Bruno m'avait donné son adresse. Je pris donc un autre métro pour partir ce lundi-là. Je découvris une autre porte d'entrée, un autre salon, une autre chambre. Je retrouvai un autre homme.

Le matin se leva. Je regardai Bruno se réveiller.

- Tu fais quoi ? demanda-t-il, les yeux mi-clos.

- J'aime toujours te voir dormir.

- Pourquoi ?

- Tu as l'air toujours si serein.

- C'est parce que, peu importe l'époque, je suis toujours avec toi quand je rêve. Est-ce que tu as ça aussi ?

- Il y a toujours ce moment entre le sommeil et le réveil, ce moment où on se souvient d'avoir rêvé, c'est là que je t'aime toujours et c'est là où je t'attends inlassablement, répondis-je.

Il sourit. Je continuai :

- Parce que toi, tu crois qu'on peut oublier l'homme avec qui on a vu disparaitre Pompéi ?

Il secoua la tête et prit sa montre.

- Je ne sais pas. Il y a eu aussi Jérusalem.

- Tu y étais commerçant, ils ont fini par saccager ton magasin.

- Il y avait eu Strasbourg aussi.

- Tu y es mort écartelé, je n'en garde pas un bon souvenir.

- Cordoue ?

- J'avais adoré Carthage !

- Et Londres alors !

- Qu'as-tu à dire de notre rencontre à Rome, si tu t'en souviens ?

- J'ai toujours préféré Florence, tu le sais.

- C'était près de mille ans plus tard, comment peux-tu comparer ?

Son regard s'assombrit. Je lui pris la main.

- Tu sais pourquoi c'est comme ça ?

- Je crois que c'est à cause du naufrage, la première fois. On n'avait pas eu assez de temps pour s'aimer, tous les deux.

- Et cette fois-ci ?

- De siècle en siècle, je ne cesse de croire qu'on finira par conjurer le sort. Cette fois-ci, on vit dans la même ville et on parle la même langue, c'est déjà un bon début si on le compare à notre dernière rencontre à Vienne. Ou toutes les vies que nous avons eues depuis lors et où on ne s'est pas retrouvé.

Je l'embrassai. Nous restâmes à regarder le jour se lever. Le ciel était bleu clair et le soleil radieux. Le printemps arrivé la veille avait, avec lui, toutes les promesses qu'on pouvait espérer.

La station de métro était à deux pas de chez lui. Marchant sur le trottoir, je ne pus m'empêcher de lui dire : « Maintenant qu'on s'est retrouvé, j'ai à nouveau peur de te perdre, Bruno ! »

- Ne pense pas à ça mais profite du temps que nous avons ! Et puis, que pourrait-il nous arriver aujourd'hui, en 2016, un 22 mars, à Bruxelles ?

Nous nous assîmes dans la rame du milieu. Les paysages changeaient de station en station, jusqu'à devenir souterrain. Bruno me regarda en souriant, il passa ses doigts sur les miens et me fit un clin d'œil. Alors que le métro allait repartir, un homme en sueur entra alors dans notre wagon.

Celui-ci ouvrit la bouche, mais ce qu'il dit fut rendu inaudible par l'explosion de sa ceinture d'explosifs.

Mokthep et moi allions encore devoir nous attendre dans une autre vie.

Carine-Laure DESGUIN

L'étrange chapelle de Donst-le-Château

Carine-Laure Desguin aime sourire aux étoiles et dire bonjour aux gens qu'elle croise.

Elle a commis pas mal de choses en littérature (romans, théâtre, recueils de poésies, participations diverses à des collectifs) et dans d'autres espaces aussi (l'enregistrement d'un slam, des participations à des expos de textes, coorganisatrice du Salon du Livre de Charleroi et participation à la webtélé ActuTv).

Ses textes, poétiques ou pas, sont publiés dans des revues comme Aura, Le Spantole, Lichen, Le Bibliothécaire, etc. Notons aussi quelques Prix, en particulier le Prix Pierre Nothomb 2014.

Sur son blog http://carineldesguin.canalblog.com découvrez ses nouvelles, ses poésies, et son actualité.

Cela faisait des plombes que Steven, mon fiston de 16 ans, me harcelait quasi chaque semaine. « *Alors p'pa, cette fois, go, ok* ? » me lâcha-t-il, souriant, tout en ouvrant avec vigueur la porte du bureau et en s'excusant de m'avoir fait sursauter.

- Explique-moi de quoi il s'agit exactement, je lui répondis.

J'étais prêt ce soir-là à écouter son projet, un désir plus que fou de passer au moins deux nuits à la belle étoile je ne sais plus sous quelles latitudes ni même pour quelle raison particulière. Parce que oui, trépigner de pareille façon pour aller dans un endroit précis occultait à coup sûr un truc plein de mystères qui s'amplifiaient de semaine en semaine.

- Extra, alors c'est ok ? »

Steven, comme la plupart des ados, répercutait plus de mille idées à la minute, des idées plus folles les unes que les autres. Impossible donc pour moi de tout emmagasiner et de retenir le dixième de ce que mon fils me racontait. Surtout que ces histoires étaient plus abracadabrantes les unes que les autres. La faute sans doute à cette J.K. Rolling et son magicien, Harry Potter. Mais entre le monde magique de Poudlard et la violence que vivent les héros des jeux vidéo actuels, y'a pas photo, je votais Poudlard, ses baguettes magiques, et ses tours de passe-passe.

- Steven, je te demande de m'expliquer calmement en deux ou trois mots pourquoi cette obstination, pourquoi tu te focalises sur cet endroit de la Terre et pas un autre. Et puis surtout, où se trouve ce lieu ? Écoute la question quand même. Assieds-toi là, je lui dis en montrant de mon index droit le fauteuil vintage près de la fenêtre et raconte-moi tout ça.

Steven s'affala sur la vieille bête et, par bribes de phrases, me raconta, en ne quittant pas son GSM des yeux, la petite histoire de la petite histoire ...

- C'est un truc de délire que j'ai lu ... dans un livre ... y'a pas si longtemps ...

- Avec de pareils détails, je suis fixé, oh ça oui ! Quel livre ? Et quel truc ? C'était le récit d'un explorateur inconnu ? je lui ai demandé sur un ton ironique.

- Oh ben, le prends pas mal hein, p'pa !

- Non, tout va bien ! Écoute-moi bien, Steven, je suis décidé mais alors là, super décidé à fond la caisse pour t'accompagner sur ton île mystérieuse mais j'ai besoin de connaître l'endroit exact et quelques autres détails. C'est légitime, tu crois pas ?

- Le livre ? Disparu !

- On dira perdu ... soit, je t'écoute, j'ai rétorqué tout en pensant que tout cela démarrait mal, très mal. Cependant, cette disparition livresque aiguisa ma curiosité.

- Non, disparu, insista-t-il. Je me doutais que tu ne me croirais pas. Le nom de l'auteur ... s'est échappé de ma mémoire. Par chance, j'avais noté le lieu. Donstiennes-le-Château.

- Donstiennes ?

- Le-Château. Donstiennes-le-Château. Tu connais ?

- Je connais Donstiennes, un charmant petit village à quelques kilomètres de Beaumont.

- Non, c'est pas le même Donstiennes, certain de ça. Dans le livre, il est question d'étranges disparitions.

Des filles et des garçons se sont volatilisés. Et sont réapparus des années plus tard, complètement amnésiques. D'autres sont toujours dans les méandres spatio-temporels. Je trouve tout ça passionnant, voilà.

- Les méandres spatio-temporels ? Et ?

- Eh bien, rien. Je voudrais visiter cet endroit-là, voilà tout. Peut-être même découvrir un vortex ou quelque chose comme ça.

- Un vortex ou quelque chose comme ça ?

- Oui, un vortex, p'pa, c'est français quand même, et c'est un mot qui figure au dictionnaire, rassure-toi. Un vortex, voilà.

- Tout va bien, Steven, tout va bien. Nous irons à Donstiennes-le-Château. Parce que tu as lu un livre qui aujourd'hui a été avalé par une entité supranormale invisible, livre dont tu as oublié le titre et le nom de l'auteur. Dans ce livre, on relate la disparition mystérieuse de jeunes filles et de garçons, peut-être ont-ils été aspirés par un quelconque vortex. C'est bien ça ? j'ai demandé d'un air assez dégagé qui prouvait toute ma bonne volonté.

- Oui p'pa, t'as tout pigé. Et Donstiennes-le-Château, tu situes ?

- Non, mais toi oui, je suppose ...

- Yes ! J'ai lu le livre en entier et son scan vivote entre mes neurones !

- Alors nous partirons demain matin, ai-je annoncé, abasourdi par les connaissances subites de mon fils et sa capacité à absorber un bouquin entier. Ta mère prolonge son séjour chez ta grand-mère, une belle occasion pour nous deux de nous évader. Prépare ton baluchon, je prépare le mien et tout le matos pour dormir à la belle étoile, si j'ai bien compris. Pas d'hôtel à Donstiennes-le-Château ?

- En effet P'pa, nous serons au milieu des bois. Oh, j'avais zappé... On peut dormir dans une petite chapelle située dans le bois... C'est même idéal pour identifier ce vortex, tu comprends ?

- Oh oui, j'ai tout capté, sois en certain, Steven !

Nous roulions depuis presqu'une heure. Steven était dans un état de surexcitation incroyable, c'est tout juste s'il ne se tortillait pas sur le siège tellement il était énervé. Il avait cherché le fameux livre durant une partie de la soirée. En vain. Cette disparition le tracassait. Il était certain de l'avoir rangé dans sa table de nuit. Il ne se souvenait toujours pas du titre du livre ni du nom de l'auteur.

En revanche, l'itinéraire et le lieu précis, ça, tout était clair dans sa mémoire. Steven semblait en connaître plus sur cette histoire de vortex et de disparitions inquiétantes qu'il voulait le laisser entendre.

- Voilà, p'pa, sur la droite, là plus loin, tu tournes.

- On dirait que tu es déjà passé par ici. Tu connais le chemin par cœur. Comment savais-tu que ce panneau s'annonçait là ?

- J'sais pas ! L'instinct ! C'est quand même étrange, ce parcours ne m'est pas inconnu. Sans rire, je supposais vraiment que ce panneau, « *Chapelle* » serait visible. À présent c'est tout droit pendant cinq ou six kilomètres, à travers ces bois. Ensuite nous devrions atteindre une grande clairière située en hauteur.

- Eh bien, tu m'épates !

Trente minutes plus tard, nous étions face à cette petite chapelle qui ne payait pas de mine. Elle était toute délabrée, pas entretenue depuis des lustres. Cette grande clairière permettait à la lumière du jour de lui donner un semblant de clarté, voire de fraîcheur. Oublions le mot beauté...

- C'est assez lugubre, tu ne trouves pas ?

- Bof, il ne pleut pas, c'est déjà ça ! Viens, allons direct visiter cette chapelle !

Steven était très à l'aise, comme s'il avait arpenté les lieux depuis toujours. Je ne reconnaissais pas mon fils, lui si timide d'habitude, pas une once de témérité et là, il était comme un poisson dans l'eau, très sûr de lui.

Nous étions seuls tous les deux au milieu de nulle part dans un bled qui se nommait Donstiennes-le-Château, un endroit inconnu au bataillon par mon GPS. Sur la route, une fois passé ce panneau, « Chapelle », nous n'avons pas croisé une âme, même pas un oiseau, rien, aucun animal. Le soleil était toujours bien à sa place et ça, ça me rassurait. Steven, lui, était enchanté.

- Waouh, géniale cette chapelle ! Allez viens voir ça, p'pa !

- Un nid de poussières mais à part ça, rien de spécial pour moi, j'ai répondu, mille fois moins enthousiasmé que mon fils. Qu'est-ce que tu trouves de si génial que ça ici ?

- Ben tout, absolument tout !

- Je ne vois qu'une chapelle en ruine. À l'intérieur, tous les objets religieux sont absents. Pas d'autel, pas de jubé, nada. Les vitraux ressemblent à ceux de certaines églises ou cathédrales, ça oui. Si on regarde de plus près, sur ces vitraux, des scènes bibliques, dirait-on. Mais comme je ne suis pas spécialiste en la matière ... Et puis là, une dalle sculptée avec dessus une inscription illisible.

- Qu'est-ce que tu peux être rabat-joie, p'pa ! Mais ce lieu est magique, tu ne ressens donc rien en toi ?

- Ben non, rien, que dalle ! À part une grande fatigue, rien.

- Une grande fatigue ? Eh bien moi, c'est tout le contraire, je suis submergé par une énergie incroyable ! J'ai envie d'inspecter chaque dalle, chaque vitrail.

- Je ne voudrais pas casser l'ambiance mais d'après moi, une chapelle est toujours dédiée à un saint, non ? Et ici, où est le nom du saint ? Ou de la Vierge ?

- Ben justement, p'pa, c'est à nous de percer le mystère ! rétorqua-t-il, comme transporté par ce lieu.

- Ouais, ouais. Et si on installait les sacs de couchage et notre matos ? Le jour décline et il commence à faire frisquet. Ces dernières heures ont défilé à une vitesse inimaginable.

- Ah bon ? Il n'est que dix-neuf heures, marmonna Steven.

- Ta montre retarde, fiston. Il est vingt-deux heures ! D'ailleurs regarde, il fait presque nuit !

- Ok, tu as sans doute raison.

On s'est alors engouffrés dans nos sacs de couchage. J'ai voulu envoyer un SMS à mon épouse afin de la rassurer mais bien sûr, réseau néant. J'ai même pensé que c'était étrange, Steven qui d'habitude ne quittait pas son GSM, là, il l'avait presque zappé. Bonne affaire ai-je pensé, que cet oubli perdure, alléluia.

Quelques heures plus tard, l'intense lumière du jour perçait à travers les vitraux. Cette clarté nous éveilla.

- Allez fiston, debout ! La journée sera longue. Promenade dans les bois, pêche, chasse, tout ce que tu veux, je lui dis tout en m'étirant car je sentais que j'étais encore tellement engourdi, mais alors là, tellement engourdi. Mes membres restaient presque morts.

- T'es sans pitié hein toi, p'pa.

- Venir jusqu'ici, c'était ton idée. Donc, au boulot !

On s'est levés en même temps, Steven et moi. Et sans dire le moindre mot, nos regards se sont croisés. Nous n'en croyions pas nos yeux. Le soir, nous nous étions endormis dans une soi-disant chapelle. Un lieu tombé en ruines, rempli de poussières. Les murs tenaient à peine debout et aucun objet de culte n'était exposé. Là, nous sommes restés muets durant plusieurs minutes. Nous avons fait plusieurs tours sur nous-mêmes afin de scruter chaque recoin de cette chapelle qui, depuis la veille, s'était métamorphosée.

- Steven, tu vois ce que je vois ? je lui ai lâché sur un ton angoissé.

- Appelle-moi Béranger ! me répondit-il d'une voix métallique.

- Béranger ?

- Oui, Béranger ! insista-t-il.

- Mais pourquoi donc ? Que se passe-t-il dans ta tête, Steven ? Steven ?

J'ai alors scruté le visage de mon fils. Blanc de blanc. Comme si tout à coup, il était devenu exsangue. Ses yeux paraissaient vides, son regard était à présent hagard. Il allait s'évanouir, ses jambes fléchissaient. J'ai eu le réflexe de faire un pas, de retenir le corps de mon fils qui à ce moment-là tombait et, tout en le retenant, je l'ai secoué de toute mes forces en hurlant, *Steven, Steven, reviens ici !* Mais trop tard, Steven s'écroula sur les dalles froides et humides de cette chapelle de merde, inconscient. Je l'ai pris dans mes bras tout en criant son prénom, *Steven, Steven, reviens, reviens !* Quelques secondes plus tard, il a ouvert les yeux et m'a souri.

- Oh p'pa, quel voyage !

- Mais enfin Steven, qu'as-tu eu ? J'ai eu la peur de ma vie !

- T'inquiète, p'pa, on sera très bien, ici, dit-il en se relevant.

- Ici ? Tu rigoles ou quoi ? J'ai cru un instant que tu mourais ! On sort d'ici, on monte dans la bagnole et on fout le camp de ces bois, crois-moi ! Allez hop !

Illico, nous avons rassemblé notre matériel de couchage. Et, après avoir bu quelques gorgées d'eau à nos bouteilles respectives, nous avons jeté un regard circulaire afin d'être certains de n'avoir rien oublié. Et nous sommes sortis de cette chapelle. Là, une fois le porche franchi, nous nous sommes retrouvés à l'intérieur d'une immense demeure, un château.

- Ah voilà, c'est bien ça, nous sommes dans le château, s'exclama mon fils ressuscité. Je me souviens …

- Steven, c'est quoi tout ce cirque, où sommes-nous ?

- P'pa, je pense que nous avons fait un saut dans le temps !

- Un saut dans le temps ? Et c'est tout l'effet que ça te fait ? Nous faisons partie des disparus peut-être ?

- Regarde, p'pa. Là, en bas, derrière la longue table en bois, tu vois ce que je vois ?

- Un curé en soutane qui étend des parchemins usés sur un tapis qui a beaucoup vécu ?

- Oui, exactement. Je crois connaître le nom du curé !

- Steven, je n'en ai rien à foutre du curé, de sa soutane, et de sa chapelle. Je veux sortir de ce château, grimper dans ma bagnole et retourner au plus vite chez moi. Avec toi !

- P'pa, ça ne sera pas si simple. Le curé, c'est Béranger Saunière !

- Je m'en balance de ce Béranger Saunière !

- Ce nom ne te dit rien ?

- Rien du tout ! je lui rétorquai tout en me penchant à la rambarde de cet espèce de perron qui s'ouvre sur l'étage du bas, là où se penche le curé qui étudie à la loupe les parchemins.

- Béranger Saunière ? Renne-le-Château ? Le fabuleux trésor et les mystères qui l'entourent. Je sais ce qu'il se passe, p'pa.

- Il se passe que nous partons, fiston, et vite !

- P'pa, nous sommes en 1900 ou quelque chose comme ça. Il y a donc bien un vortex dans cette chapelle. Nous avons fait un écart dans le temps et dans l'espace. C'est de l'hyper-physique, ça peut s'expliquer, m'annonça-t-il, tout de go.

- Mais je m'en fous de ton hyper-physique, je veux revoir ta mère ! Et d'ailleurs, je vais lui dire deux mots à ce curé !

- Inutile, p'pa, il ne nous verra pas et ne nous entendra pas non plus. Pour lui, nous ne sommes que des fantômes. Du futur …

- Ben tu en connais des choses, toi, tout à coup !

- Tout était dans le livre, p'pa. Tout me revient si clairement. Nous sommes manipulés. Des entités jouent avec le temps. Et se moquent de nous. Tout cela est donc véridique. Je n'en reviens pas moi-même. Si tu comprends, nous avons changé de ligne temporelle.

- Et tous ces disparus dont tu me parlais. Ils sont dans ce château ?

- Impossible de te le confirmer. Le vortex de la chapelle n'amène pas forcément tout le monde au même endroit. Cette histoire de Renne-le-Château me passionne, ce qui explique notre présence dans le château de l'Abbé Béranger Saunière.

- On peut peut-être descendre et parler à ce curé ?

- Pas question ! Mieux vaut rester tranquillos !

- Et si on rentrait dans la chapelle ?

- Ça, c'est une bonne idée, p'pa. »

Sur le chemin du retour, pas un mot ou presque. C'est moi qui ai brisé le silence.

- Alors, fiston, satisfait ?

- Dans un sens, oui. Ces phénomènes de voyage dans le temps et tout ça, existent vraiment. C'est pas du pipeau. Le vortex est bien là.

- Ouais, un vortex pour l'aller … et aussi pour le retour ! Ce serait donc cette chapelle qui provoquerait ces voyages dans le temps. On le dit à ta mère ou on garde ça pour nous ?

- Ben, mieux vaut garder cette histoire pour nous. Sinon, plus jamais m'man ne nous laissera seuls.

- Ah parce que tu crois que je retournerais le week-end prochain dans ce bled paranormal ?

Arrivés à la maison, ma femme nous attendait. En pleurs.

- Mais enfin où étiez-vous ? Cela fait quatre jours que j'essaie de vous appeler sur vos GSM ! Je suis morte de peur !

- Quatre jours ? j'ai dit, mine de rien.

- M'man, désolé, nous étions...

- Entre hommes, au milieu des bois ! j'ai répondu, tout sourire.

Isabelle GANDY

Glissade temporelle

Isabelle Gandy est, depuis toujours, une amoureuse de la littérature. D'abord en tant que lectrice, dès son plus jeune âge, à l'école de la Comtesse de Ségur, des contes de Perrault, de Jules Verne... Tous ces auteurs lui ont donné l'envie, comme Alice au pays des Merveilles de passer de l'autre côté du miroir.

Ainsi, elle s'est essayée, avec succès à l'écriture, publiant en 2009 « Le Féminin Sacré », relatant l'histoire de Marie-Madeleine à Rennes-le-Château. Ce livre a connu un vif succès. Elle a pu ainsi réaliser ce désir qu'elle a de communiquer ce qu'elle a reçu.

Aujourd'hui, le flambeau est transmis à ses trois filles et quatre petits-fils qui, à leur tour, ont attrapé le virus de la lecture. Le seul vaccin efficace en la matière est de lire, encore et encore, pour apprendre et transmettre, ainsi que le fait si bien Isabelle Gandy.

Quand son réveil sonna, tel un mauvais présage, Marie eut l'intuition d'une journée difficile, ce qui ne l'aida pas à poser le pied par terre. Elle n'aurait pu expliquer cette angoisse qui l'envahissait, sans raison apparente. Elle avait pourtant l'habitude d'être joyeuse, malgré les problèmes inhérents, mais là rien !

Elle se fit violence, tentant de repousser ce poids qui l'oppressait, devant se hâter pour se rendre à son travail.

Dès sa prime jeunesse, elle avait travaillé dur, prenant exemple sur une institutrice bienveillante, qui lui fit prendre conscience de l'importance d'une tâche bien accomplie. Elle n'avait pas connu son père, décédé dans un tragique accident de voiture quelques mois avant sa naissance. Sa mère, voulant compenser, parlait souvent de lui, façonnant chez la petite fille une image de ce père absent qui lui était propre.

Quand Marie évoqua son souhait d'enseigner, sa mère l'encouragea. Pour elle, une vie harmonieuse passait par une synergie entre le corps et l'esprit : cela devait se traduire dans un travail épanouissant. C'est ainsi qu'elle décrocha son diplôme avec brio. Elle avait maintenant 53 ans et enseignait depuis de nombreuses années à Guebwiller, un petit village alsacien où elle avait passé toute son enfance, heureuse, auprès d'une mère aimante.

Sirotant à petites gorgées son café sur un coin de la table de la cuisine, elle fut tirée de ses pensées par la sonnerie stridente de son téléphone. Il était tôt pour recevoir un appel, et elle fronça les sourcils, n'appréciant pas d'être dérangée durant son petit-déjeuner. Elle posa sa tasse et répondit. Elle n'eut pas plus tôt prononcé un simple « *allo* » qu'elle se tut, ne parvenant plus à émettre le moindre son, tant la nouvelle s'avérait atroce. Elle continua d'écouter, hébétée et raccrocha quelques minutes plus tard, ayant balbutié un inaudible au revoir. Elle s'assit, sans même s'en rendre compte, sur la première chaise à sa disposition, prit sa tête entre ses mains, ne sachant si elle avait envie d'hurler ; elle éclata en sanglots : sa mère avait été retrouvée morte... pire encore, elle se serait suicidée, un flacon de comprimés vide à ses côtés, ainsi qu'une enveloppe cachetée à son nom. Plus rien n'existait... Elle courut jusqu'à sa chambre enfiler un jean et un chemisier préparés la veille.

Elle ne mit que quelques minutes pour arriver sur les lieux. La voisine qui l'avait avertie de la terrible nouvelle la prit dans ses bras. Elles pleurèrent toutes deux, entourées de policiers et de pompiers. Elle se ressaisit : elle devait la voir pour réaliser pleinement la situation. Elle entra dans le vestibule, un agent lui demandant son identité qu'elle déclina machinalement. N'ayant que faire de ses condoléances, elle courut jusqu'à la chambre où reposait paisiblement sa mère sur son lit. Marie s'approcha : elle paraissait sereine.

Comment comprendre son geste ? Elles s'étaient vues encore la veille et rien ne laissait présager un tel acte. S'agissait-il réellement d'un suicide ? Son regard se porta sur la fameuse enveloppe qui lui était destinée, placée en évidence sur la table de chevet. Peu de mots, mais ils sonnaient comme un couperet. Elle ne comprit pas tout, mais elle lut et relut la missive.

Sa mère épuisée par la vie, avouait que, malgré l'amour qu'elle lui portait, elle ne pouvait plus se battre contre ce deuil qu'elle n'avait jamais pu faire, en plus de 50 ans. Le décès de son père remontait si loin que Marie ne s'en était jamais douté. Ce qui retint le plus son attention fut qu'elle était usée de ses nombreuses déréalisations, ne parvenant pas à changer le cours des choses. Qu'avait-elle voulu lui exprimer à travers cette phrase ?

Un policier s'approcha de Marie pour l'informer qu'elle pouvait demander une autopsie. En effet, la porte d'entrée n'étant pas verrouillée, c'est ainsi que la voisine avait découvert l'horrible tragédie. Se fiant à son intuition et souhaitant respecter le corps de sa mère, elle secoua la tête négativement. Alors on lui demanda de sortir. Sur le trottoir, Sabine la voisine, entoura à nouveau de ses bras Marie. Très vite un brancard, portant un sac funéraire se dirigea vers une ambulance.

Instinctivement, Marie, cherchant à comprendre, planta là Sabine qui la regarda se précipiter dans la maison de sa mère. Elle tourna alors les talons, comprenant son besoin de se retrouver en ce lieu chargé de souvenirs. Mais la raison en était toute autre : il lui fallait une explication à cette curieuse lettre. Elle balaya d'un rapide regard la chambre, tout était à sa place : le lit, la commode, l'armoire et le bureau identique à ceux du XIVe siècle. Cette antiquité, bien qu'elle ne soit qu'une vulgaire contrefaçon avait toujours étonnée Marie, le meuble détonnant avec la chambre moderne.

Elle avait un jour sur un ton taquin questionné sa mère qui lui avait répondu que ce meuble devrait toujours rester avec elle après son décès et c'est à ce moment-là qu'elle comprendrait. Marie s'approcha, ouvrit les deux tiroirs, n'y trouvant rien d'intéressant. Alors elle réfléchit : il s'agissait d'une copie d'un meuble ancien, et il était courant qu'un tiroir secret y soit dissimulé. Elle en eut l'intime conviction en sentant un loquet sous le bureau, révélant une cache secrète : elle allait découvrir la vérité. Deux cahiers à la couverture en cuir défraichi s'y trouvaient. Marie, les mains tremblantes s'en empara. Ce qui paraissait irraisonnable, impossible, apparut alors, consigné en grosses lettres sur le premier cahier : RECUEIL DE MES RETRO COGNITIONS. Déjà dans sa lettre sa mère avait employé le mot « *déréalisation* » qui ne parlait que vaguement à Marie, mais là elle ignorait jusqu'à la signification du titre du cahier. Pour comprendre sa mère, il lui fallait dans un premier temps comprendre ces mots. De vagues souvenirs lui firent penser qu'il pouvait s'agir de troubles psychologiques mais sa mère n'avait jamais montré le moindre signe d'une démence quelconque. Elle fut prompte à ressortir de la maison, refermant la porte à clé pour se précipiter chez elle. Elle devait comprendre.

Elle arriva vite, alluma son ordinateur ne sachant si elle devait parcourir quelques pages du premier cahier ou chercher la signification de ces deux mots barbares. Elle décida de ne pas débuter sa lecture sans comprendre les termes employés sur la lettre ainsi que sur la couverture du recueil. On parlait beaucoup de troubles mentaux, mais ce qui retint le plus l'attention de Marie fut la définition de la rétro cognition : il s'agissait de comprendre le passé, ce fait était attesté historiquement. Jamais sa mère ne lui en avait parlé, et c'est avec un infini respect que Marie commença sa lecture.

 Sa mère, Charlotte, expliquait qu'elle ne connaissait pas les raisons qui lui permettaient de faire un retour dans le passé, bien que juste avant chacun de ces phénomènes elle était entrée en transe. Tout était minutieusement consigné. La première fois où elle fit l'expérience d'une déréalisation, elle avait cru rêver.

L'endroit où elle voyagea était réel, pourtant sa conscience rationnelle ne pouvait justifier cette idée. Elle était chez ses parents, attendant l'arrivée de son fiancé, ils devaient parler des modalités du mariage qui approchait. Elle avait réellement vécu cette journée, mais lors de ce rétropédalage dans le temps, elle se voyait elle-même, sans pouvoir interagir. Elle n'était que spectatrice. Avant d'avoir compris quoi que ce soit, elle était déjà revenue au temps présent, exactement assise sur la chaise devant son bureau, où elle se trouvait avant cette expérience. Étrangement elle n'avait ressenti aucune crainte : ce n'était pas un rêve, les faits s'étaient déroulés exactement comme elle les avait vécus à l'époque.

Alors, elle découvrit la méditation pour renouveler son expérience intemporelle, et c'est ainsi qu'elle y parvint plus facilement. Elle revenait de ses voyages, toujours heureuse, dans une paix profonde. Elle revivait ainsi tous les moments vécus avec l'homme qui avait été et serait toujours l'amour de sa vie. C'est pour cela qu'elle n'avait jamais réussi à faire son deuil, elle n'en avait pas besoin…

Marie ne voyait pas le temps passer, concentrée qu'elle était sur ces lectures déconcertantes mais poignantes. Elle passa rapidement sur le domaine médical qui associait souvent cet état de fait à des troubles psychiatriques : elle était convaincue que sa mère avait réellement vécu ces expériences. Charlotte au fil de ses péripéties arriva à se faire entendre par son mari. Bien qu'elle ne fût que spectatrice, elle réussit à lui faire prendre des décisions qu'elle jugeait utiles. C'est comme si elle parlait à son esprit. Mais était-ce bien la réalité ou son cher époux aurait-il pris de toutes les façons ces décisions… Cela restait une énigme pour elle, mais il était crucial de savoir. Peut-être pourrait-elle changer le cours du destin et ainsi éviter à l'homme qu'elle aimait ce terrible accident qui lui avait coûté la vie. Prise par le temps, elle en oublia de déjeuner, revivant à travers sa lecture la vie de ses parents. Charlotte n'avait pas menti quand elle lui disait quel être formidable il était : ce qu'elle avait juste omis de lui révéler, c'est qu'elle vivait ces rétro cognitions. Avait-elle voulu garder pour elle ses expériences surnaturelles, cela expliquant que le jour où Marie l'avait questionnée sur ce fameux bureau qui dénotait dans sa chambre, sa seule réponse avait été qu'un jour elle comprendrait.

Aujourd'hui elle comprenait, et bien qu'elle aurait aimé partager avec sa mère sur ce sujet, il était évident que Charlotte vivait pour elle seule ces aventures. En l'espace de quelques heures, il lui sembla être à la fois proche de ses parents comme elle ne l'avait jamais été. D'innombrables émotions remontaient à la surface, allant de la joie, à l'inquiétude et à la colère parfois. Mais ce n'était pas les siennes, seulement celles de sa mère et elle les vivait à travers ses lignes.

Tout était consigné chronologiquement comme si ces glissades temporelles avaient débuté le jour de l'arrivée de son fiancé chez ses parents. Les autres faits notés étaient à chaque fois postérieurs à cette date. Marie s'étonna d'un long blanc sans que rien ne soit consigné mais elle comprit pourquoi. En toute logique, Marie avait déterminé que le jour de l'accident de son père approchait. Autant Charlotte s'était nourrie de ces flash-back lui permettant de revivre tous ces moments heureux, autant elle devait redouter sa prochaine glissade temporelle vers le jour de l'accident. Il lui avait semblé pouvoir, parfois guider son cher époux mentalement, mais parviendrait-elle à l'empêcher de prendre sa voiture ? Et si oui, quelles en seraient les conséquences ? Marie connaîtrait son père, cela, de toute évidence chamboulerait l'ordre des choses et toute sa vie, elle n'avait jamais entendu une telle histoire.

Elle avait toujours su que le destin était écrit, mais ne disait-on pas que chaque personne avait son libre-arbitre ? Cela conduisait-il à changer de façon radicale ce qui avait été écrit ? Elle en doutait, Marie pouvait le ressentir, comme si lire ces pages l'avait reconnectée à elle. Charlotte ne pouvait plus reculer, il lui fallait revivre cette horrible journée, pour essayer, en puisant dans toutes ses forces, d'éviter l'accident. Elle consigna sur son cahier la date en rouge. Ce qu'elle avait craint et ce que craignait Marie était écrit noir sur blanc : Charlotte dont la grossesse était avancée, prenait son petit déjeuner, ayant un appétit féroce depuis qu'elle était enceinte, écoutant son mari qui comme chaque jour cherchait ses clés pour se rendre à son travail.

C'était un véritable rituel matinal, mais il avait l'excuse le soir en rentrant du travail de les poser n'importe où tant il était pressé de prendre dans ses bras la femme qu'il aimait et qui portait son enfant. Ce matin-là, Charlotte, toujours spectatrice de la scène, tenta de lui suggérer de ne pas aller travailler pour rester auprès d'elle. Elle y mit toute son énergie, concentrant toutes ses facultés psychiques, mais rien n'y fit. C'est avec une immense tristesse qu'elle se vit souriante, embrassant son mari pour lui souhaiter une bonne journée.

La suite fut cruellement banale : elle sortait tout juste de la salle de bain, qu'un policier frappait à la porte. La souffrance trop grande de Charlotte la ramena dans la vie présente. Ainsi, elle avait la confirmation que l'on pouvait revivre véritablement le passé en spectateur, mais qu'en aucune façon il n'était possible de changer le cours des choses. Marie remarqua que ces dernières lignes étaient écrites d'une main tremblante et une tache sur le récit écrit lui confirma que sa mère avait dû pleurer en rédigeant son dernier voyage. Il était daté de la veille, elle avait dû y travailler le soir après son départ.

N'acceptant pas ou plus de n'avoir pu vivre pleinement sa vie de famille, avec un mari aimant et une fille brillante, seul lui restait l'espoir de partir pour oublier. Elle avait failli à son devoir et sachant Marie heureuse, elle ne souhaitait plus qu'une seule chose : retrouver pour toujours son cher mari. Elle avait dû avaler le flacon de comprimés car les quelques mots qu'elle rajouta à l'intention de sa fille étaient mal assurés. Elle lui demandait pardon ; elle ne voulait pas l'abandonner mais n'avait plus de raison d'espérer. Ces magnifiques retours en arrière lui avaient procuré tant de joie, que la fin tragique l'empêchait de trouver la force pour poursuivre son chemin de vie. En plus petit, l'écriture étant à peine compréhensible, elle émit le souhait que Marie puisse comme elle, venir la visiter avec son père dans le passé, mais elle lui demandait de faire la promesse de s'arrêter avant ce jour où elle n'avait pas réussi à sauver son père....

Marie, hébétée, referma les livrets. Une voix, une force au plus profond d'elle, lui soufflait qu'indubitablement elle ferait tout pour parvenir, comme sa mère, à faire des glissades temporelles. Elle respira doucement quelques instants, et elle sut : ce n'était pas aujourd'hui qu'elle devait dire au revoir à sa maman...

Hélène GOFFART

L'apurement passéiste

Je m'appelle Hélène Goffart et j'ai 48 ans. Je travaille comme enseignante à Bruxelles. Amoureuse des livres depuis toujours, j'ai attendu que mes enfants grandissent pour accorder plus de temps aux activités liées à la plume. Depuis quelques années, je cherche à bâtir un pont entre mes passions de lectrice et mon désir d'écrire. Mes amours vont souvent vers la science-fiction, mais pas de manière absolue.

J'ai ainsi publié deux livres aux éditions Sarah Arcane et remporté plusieurs concours de nouvelles, dont le prix Hemingway, le prix des Murmures littéraires ou le prix décerné à l'occasion du bicentenaire de Gustave Flaubert.

« Bonjour. Ici EloquenZ. Bienvenue pour ce nouvel HoloCast des nouvelles de 2085 de la NewRTBF. Nous sommes en ce moment avec Madeleine Mortier, l'épouse du professeur René Dumont qui semble s'être désintégré. Madame, pourriez-vous expliquer à nos auditeurs ce qu'il s'est passé ? »

Une femme voutée, aux traits chiffonnés de rides, les joues noircies de larmes teintées au mascara et à la coiffure échevelée apparut en trois dimensions dans tous les foyers connectés au SupraNet. Le professeur Mattéo Van Eyck qui écoutait l'émission augmenta le son.

« Je crois que c'est hier matin que ça a commencé... À midi, ses bras avaient totalement disparu, et il m'a appelée... Je suis arrivée immédiatement, mais il n'y a rien eu à faire ? Vers 14 heures, il avait perdu ses jambes. Et puis... Et puis... Oh, c'est bizarre... »

- Que s'est-il passé Madame Mortier ? Racontez-nous, insista EloquenZ de sa voix artificielle délicieusement asexuée.

- Mais, je ne sais plus, moi. Euh... Qu'est-ce que vous faites là ? Vous m'interrogez pour quelle raison encore ?

Madeleine saisit un mouchoir et se frotta les joues. Elle semblait rassérénée, comme si l'événement qu'elle venait de conter n'avait jamais eu lieu. EloquenZ, le robot présentateurice de l'HoloCast sembla désarçonné un bref instant. Iel sourit de toutes ses dents en Email recyclé, secoua ses tresses blondes et murmura :

- Excusez-moi, Madame, vous nous parliez de la disparition de votre mari, René Dumont...

- Qui ça ? Allons, EloquenZ, de quel mari parlez-vous ? Qui serait ce René ?

- Euh... Euh... Je... Je ne sais pas trop. Hum, bref... Chers auditeurs, voici un autre reportage sur les dernières abeilles existantes qui vivent en Patagonie et...

Mattéo Van Eyck éteignit la transmission d'un mouvement brusque. Ses doigts picotaient d'énervement. Pauvre René, il fallait que ça tombe sur lui ! Heureusement, le vaisseau était achevé et il suffirait à Mattéo d'appuyer sur le bouton vert pour prévenir la population que l'heure était venue d'embarquer sur le Survivor.

Un million d'hommes et de femmes en état d'hibernation pourraient enfin prendre leur envol pour Terra II, située à 250 années-lumière de leur planète. Un autre monde dans lequel la vie végétale et animale pourrait continuer les attendait. Le chantier avait été gigantesque et sans l'aide de son ami, le professeur René Dumont, rien n'aurait été possible. Avec angoisse, Mattéo regarda les paramètres du Survivor, mais tout semblait stable et aucune modification n'était apparente. Sa cervelle s'embrouillait, les traits de son vieil ami commençaient à se dissoudre au travers de ses neurones surchargés. En répétant en boucle le nom du disparu pour ne pas l'oublier, il sortit de sa poche son carnet des souvenirs et, de son écriture régulière, écrivit « *René Dumont, astrophysicien* » dans la partie réservée aux victimes de la faction. « *Belle crasse que cet Apurement passéiste !* »

Il composa sur la transmission SupraNet le numéro d'appel de l'épouse de son ancien collègue et ami. Madeleine Mortier apparut, rayonnante. Son apparence n'avait plus rien de comparable avec la vieille femme abattue qui répondait en bégayant aux questions d'EloquenZ quelques minutes plus tôt.

- Oui ?

- Madeleine ? C'est moi, Mattéo. J'ai vu l'Holocast de NewRTBF sur René. Je tenais à te dire que je suis désolé...

- Pour qui ? De quoi parles-tu, Mattéo ?

- De la disparition de René.

- De qui ? J'ai toujours été célibataire, tu te trompes.

Mattéo Van Eyck éteignit la transmission et soupira. Certaines personnes oubliaient plus vite que d'autres...

Il songea à son Félix, ce jeune homme qui avait, en son temps, fait toute sa fierté ! Dire que ce garçon, son propre fils, si brillant et si prometteur était à la tête de cette faction abjecte ! Jamais il n'aurait dû le pousser vers la voie des sciences.

Le professeur repensa un bref instant à la révolte de certains scientifiques contre la mort annoncée de la planète Terre sur-polluée et aux décisions insensées qu'ils avaient prises. Bien sûr, la planète croulait sous le poids d'une surpopulation qui ne rêvait que de consommer toujours plus... Mais des solutions existaient. C'est ainsi que René et lui avaient imaginé le projet Survivor ! Un vaisseau spatial capable d'emmener l'Humanité vers un ailleurs, voilà ce qu'ils avaient créé... Le voyage était possible en état de sommeil artificiel. Terra II les attendait et un millier de robots de la génération d'EloquenZ assurerait la survie de l'Humanité pendant le voyage. C'était faisable, alors pourquoi son fils s'était-il acoquiné avec cette faction d'Apurement passéiste ? Là où René et lui avaient voulu sauver l'Humanité, Félix et ses amis n'avaient considéré celle-ci que comme un amas de 12 milliards de parasites bêlants et affamés. Ce gamin idiot avait choisi la faction de l'Apurement passéiste, sans réfléchir aux conséquences possibles.

« Et pourtant, la solution, je l'ai... Oh, Félix... Si tu m'écoutais »

D'un doigt, il programma la transmission. Au bout de quelques secondes, le visage encore poupin de son fils apparut à l'écran.

- Papa ?

- Bonjour Félix, tu as appris pour René ?

- Oui, Papa. J'en suis désolé, mais c'est le prix à payer.

- Allons ! Arrête cette folie, tu es en train de tuer des milliers d'innocents.

- Je ne les tue pas. Ils sont effacés. C'est le seul moyen !

Mattéo se frotta le front. Il transpirait.

- Passe au laboratoire, d'accord ? Discutons...

Félix sembla hésiter un instant, puis répondit dans un grognement.

- Ok. J'arrive.

Étrange garçon si radical... Félix, comme bien d'autres, s'était rebellé contre l'abandon de la Terre. Il avait rejoint cette faction ignoble et avait mis tout son savoir au service du projet de nettoyage temporel. La faction de l'Apurement passéiste misait sur le voyage dans le temps pour corriger les erreurs des anciens. Une liste de pollueurs, ou des responsables involontaires de pollution, avait été dressée. Son fils et ses camarades effectuaient ainsi des incursions dans le passé pour tenter d'améliorer le présent. Ils repartaient parfois des dizaines ou des centaines d'années en arrière afin de supprimer un responsable supposé de la situation actuelle et revenaient tandis que la réalité présente s'adaptait au changement. À chaque assainissement effectué dans le passé, une version légèrement modifiée de 2085 se mettait en place où les inventions anciennes, mais également les descendants des personnes supprimées n'avaient plus d'existence. C'était logique, une personne assassinée avant d'avoir pu procréer perdait sa descendance future, puisque celle-ci n'avait pu être générée. Des familles entières, composées de milliers (de millions ?) d'innocents avaient été décimées au nom de cette folie à vouloir empêcher rétrospectivement la pollution massive de la planète...

« Et quoi, bon Dieu, la Terre est foutue ! Ça changera quoi ? grommela Mattéo. *Pourquoi supprimer des gens qui n'ont rien fait ? La solution je l'ai, elle passe par le grand voyage du Survivor. »*

L'Apurement passéiste donnait peut-être quelques effets, mais il était difficile de s'en rendre compte. Lorsque Mattéo feuilletait son carnet, il relisait ses écrits sans les comprendre. Qu'était-ce donc que la fission nucléaire ? Et qui étaient ces Pierre et Marie Curie, ou cet Albert Einstein que la faction avait fait supprimer ? Et les aérosols ? L'air conditionné ? Le velcro et le white spirit ? Les cotons-tiges et les pailles en plastique ? Mattéo ne savait plus. Il avait oublié... Ces inventions n'avaient jamais existé puisque son fils et ses collègues étaient intervenus pour les en empêcher. Tout cela était vain et Mattéo constatait que chaque annihilation laissait la place à d'autres inventions tout aussi mortifères.

Le picotement dans ses doigts était de plus en plus prégnant. Allons, c'était décidé. Le départ pour ce voyage extraordinaire et sans retour aurait lieu très bientôt. Ils allaient quitter la Terre et laisser la faction de l'Apurement passéiste détruire plus vite encore l'Humanité que prévu ! Il espérait simplement pouvoir convaincre Félix de l'accompagner sur Terra II. Mattéo vérifia une dernière fois les paramètres du vaisseau gigantesque. Le Survivor était fin prêt. Il remercia mentalement René Dumont dont le souvenir fondait dans son esprit.

« René... Il avait une barbe, non ? Je ne sais plus... »

La tête lui tournait, il ne se sentait pas bien. D'un geste machinal, Mattéo voulut caresser le bouc ornant son menton mais ne sentit rien. Ses doigts avaient cessé de picoter pour la bonne raison qu'ils avaient disparu. Avec horreur, Mattéo constata que ses mains n'étaient plus attachées à ses avant-bras.

« Merde ! Que se passe-t-il ? »

Il comprit très vite.

« L'Apurement passéiste... C'est... C'est mon tour ! »

Qui donc la faction avait-elle abattu dans le passé pour que son existence ici-bas devienne aberrante ? Il ne connaissait pas l'arbre généalogique de sa famille de manière assez détaillée pour le savoir, mais il comprenait parfaitement ce qui se passait. Il allait disparaître avant d'avoir pu lancer le grand voyage de l'Humanité vers son futur !

Tant pis ! Même si pour lui, il était trop tard, il fallait impérativement lancer la procédure qu'il était seul à connaître. De son moignon, il voulut appuyer sur le bouton vert qui permettait d'enclencher l'embarquement des citoyens déjà plongés dans le sommeil artificiel, mais son pied droit se désintégra à son tour et il s'écroula sur le sol métallique. Mattéo tenta de se relever. Hélas, ses jambes fondaient à une vitesse telle que c'était impossible.

Lorsque Félix arriva, seule la tête et une partie du torse de son père étaient encore visibles.

- Papa ? Mais...

- Oh Félix ! Vite, appuie sur le bouton vert !

- Que ?... Qu'est-ce qui t'arrive ?

- À ton avis, imbécile ? Je disparais à cause de vos bêtises ! Et, comme tu es mon fils, tu vas connaître le même sort ! Appuie sur le bouton, vite !

Félix s'effondra dans un coin du laboratoire, fixant de ses yeux écarquillés de terreur ce qui restait de son père.

- Quoi ? Moi aussi ? Je... Je...

Mattéo vit avec horreur le bras droit de son fils devenir transparent.

- Tu pleurnicheras après ! Appuie sur le bouton !

Félix, le corps secoué de larmes, restait prostré, pendant que son apparence devenait de plus en plus diaphane.

- Je veux pas disparaître ! Je veux pas... Non...

- Félix ! Un million de personnes se sont endormies en me faisant confiance. Si tu ne fais rien, ils vont mourir ! Fais ce que je te d...

La bouche de Mattéo venait de s'éclipser. Un instant, il ne resta plus que ses cheveux, mêlés de l'amertume du travail non achevé, puis, devant les yeux paniqués de son imbécile de fils, il disparut, laissant la folie de la faction de l'Apurement passéiste priver l'Humanité de son ultime grand voyage.

Sarah KOURDI

Mirage égyptien

Passionnée d'art et de littérature, Sarah Kourdi cultive le goût d'écrire depuis son enfance.

Bercée par l'Égypte ancienne, elle a consacré une grande partie de ses études et de ses recherches à la civilisation des pharaons. Elle enseigne aujourd'hui l'histoire de l'art et transmet sa passion pour l'Antiquité.

La lecture tout comme l'écriture ont toujours occupé une place importante et l'auteure puise son inspiration dans les genres littéraires les plus divers, du roman historique et biographique aux nouvelles fantastiques ou sentimentales.

On dit qu'une bibliothèque est le carrefour de tous les rêves de l'humanité : l'écriture est une façon de rêver et aussi de faire partie de cette humanité et de son histoire...

Vanessa est à la plage avec Rafael et Marina. Mes amis ont bien de la chance ! Pendant que moi je suis avec ma famille pour aller à cette exposition virtuelle sur l'Égypte ancienne. Tout ça pour faire plaisir à ma petite sœur qui adore l'histoire des pharaons. Je crois qu'à huit ans, elle a déjà trouvé sa vocation : égyptologue. Lilly est folle de joie, moi beaucoup moins. J'en ai soupé des musées avec des momies et des hiéroglyphes partout, j'aurais préféré m'amuser avec mes amis. Nous attendons au milieu d'une file d'attente qui s'allonge de minute en minute.

– On va voir les pyramides, se réjouit Lilly. C'est génial, non ?

Je n'ose pas lever les yeux au ciel. Quand va-t-elle comprendre que moi, ces trucs-là, ça ne m'intéresse pas ? Je n'ose pas répondre. J'exulte d'une joie... intérieure. Vraiment très intérieure. Comment j'ai pu me laisser entraîner là-dedans ? Si, je sais : je suis punie pour avoir séché le lycée avec Rafael. J'ai d'ailleurs de la chance de ne pas être confinée dans ma chambre, comme disent mes parents. Si j'étais enfermée dans ma chambre je pourrais au moins écouter de la musique, allongée sur mon lit.

Lilly me montre le catalogue de l'expo : le programme promet de nous transporter dans le désert égyptien, au milieu des pyramides. Passionnant, tout est virtuel. Peut-être que la visite sera plus rapide que dans un musée. Notre tour arrive : nous devons enfiler un casque de réalité augmentée bien lourd pour que la magie opère. On est vraiment censés repartir dans le passé avec cette technologie ? Je suis moyennement emballée par ces choses-là.

C'est parti ! Nous sommes plongés dans une lumière bleue. Lilly me tient par la main. À présent, elle ressemble à une silhouette fantomatique bleutée, à travers le casque je ne vois pas son visage. C'est plutôt amusant. Elle me regarde aussi et se met à rire : nous avons changé d'apparence mais nous ne ressemblons pas à des anciens Égyptiens pour autant. Nous avançons au milieu de nulle part en suivant des flèches lumineuses. Tout est gris, sans volume, sans rien.

C'est très étrange. Est-ce que l'au-delà ressemble à ça ? Le pays des morts, avec Osiris et tout le bataclan dont me rabâche Lilly ? Je n'ose pas lui demander sinon elle va m'en parler pendant des heures. Des silhouettes fantomatiques nous rejoignent, ce sont nos parents et d'autres visiteurs. L'ambiance est unique. Tout à coup, une vision digne d'un mirage apparaît. Du sable, rien que du sable, des dunes et encore des dunes. On s'y croirait. La lumière, les couleurs, les reliefs, il manque seulement la chaleur du désert égyptien. J'entends Lilly murmurer un whaou d'admiration. Moi aussi je suis impressionnée, je ne m'attendais pas à cela. La visite commence et nous marchons sur un sable que nous ne foulons pas, sous un soleil de plomb qui ne nous brûle même pas.

Au loin, je distingue des formes triangulaires qui se détachent de l'horizon. Lilly presse ma main : nous approchons des fameuses pyramides. Ou plutôt ce sont elles qui s'approchent de nous. Elles grandissent de seconde en seconde. Nous voilà aux pieds de la plus grande : c'est impressionnant. Vraiment très impressionnant. Je suis ébahie. Je n'ai jamais mis les pieds en Égypte mais j'imagine à cet instant la sensation que j'éprouverais si j'étais réellement là-bas, devant ces monuments millénaires. Une flèche indique l'entrée de la pyramide. Lilly s'y précipite, trop heureuse de vivre une telle expérience, et lâche ma main.

– Lilly, reste avec moi !

Je dois la surveiller sinon c'est un coup à me faire engueuler.

– Je t'attends, chuchote-t-elle.

Sa silhouette fantomatique attend sur le seuil de la pyramide. Je lève les yeux et contemple les blocs de pierre reproduits un à un. J'ai envie de les toucher, sentir la pierre rugueuse sous mes doigts. Je me risque à tendre la main, évidemment dans le vide, puisque tout cela n'existe pas réellement devant moi. Quand je délaisse cette étrange fascination, je remarque que Lilly a disparu. Je suis horrifiée, je ne distingue plus sa silhouette. Elle a dû entrer dans ce tombeau géant. Elle aurait pu m'attendre cette petite peste.

Au moment où je franchis le seuil, tout devient noir. J'imagine que mon casque n'a plus de batterie. Ah, ces saletés de machines. Ça tombe toujours sur moi... Je soupire bruyamment et envisage d'enlever tout ça. Je vais devoir partir à la recherche de Lilly maintenant. Mais avant que je ne l'enlève, une silhouette apparaît immédiatement devant moi. Une femme vêtue d'une robe blanche retenue par une ceinture brodée lève une main, paume face à moi, en guise de salut :

– Bonjour Alicia. Nous te souhaitons la bienvenue.

Qu'elle est belle. Sa peau est couleur de miel, ses yeux sont noirs comme l'ébène et ourlés d'un trait de khôl qui s'étire sur les tempes. Son visage gracieux est encadré par une lourde chevelure noire tressée retenue par un bandeau incrusté. Cette belle égyptienne semble sortie d'une autre époque. La réalité virtuelle fait vraiment des merveilles. Ses yeux sont censés me regarder et pourtant ils sont vides, sans émotion. Impossible de décrire, c'est juste étrange. La nouvelle technologie ne peut pas remplacer l'âme humaine me dis-je. J'aimerais lui demander où est ma petite sœur, ce qui serait bien inutile.

– Suis-moi, me dit-elle.

Je ne pense pas avoir d'autre choix. Elle s'enfonce dans un couloir sombre. Je la suis de près. J'aperçois les autres silhouettes fantomatiques que sont les visiteurs, ils marchent dans la même direction. J'appelle Lilly. Personne ne réagit. Elle doit pourtant bien être parmi eux. Je suis cette dame dont j'ignore le nom. Est-ce qu'elle peut vraiment interagir avec nous ?

– Je m'appelle Néféret, dit-elle aussitôt.

Je marche derrière elle et j'admire le plissement de sa robe en lin blanc. J'ai envie de la toucher. C'est bête, je sais. Tout cela semble tellement réel. J'entends le froissement du tissu léger, l'entrechoquement des perles de ses bracelets, le bruit de ses pieds sur le sol. La magie est totale. Je suis ébahie. Finalement, je n'ai plus envie que la visite se termine. Au bout du couloir, il y a un mur de pierres. Les blocs sont énormes. C'est indéniablement une impasse. Silence. Il ne se passe rien.

Néféret est face au mur, la main tendue et reste immobile. Toujours rien. Encore un bug ? Les logiciels ne sont peut-être pas au point. Je ne sais pas quoi faire. Je regarde autour de moi. Rien, personne. Je ne distingue plus aucune silhouette comme tout à l'heure. Où sont-ils tous partis ? C'est décidé je vais enlever ce satané casque. Mais avant, j'ai envie de m'approcher de Dame Néféret. Après tout, seule l'image est immobile. Je me place à côté d'elle. Elle est vraiment très belle. Sa peau, ses cheveux, tout a l'air réel. Elle cligne même des yeux. C'est fascinant. En observant de plus près, je vois ses narines se contracter, comme si elle respirait. Je m'approche encore plus près, comme un papillon de nuit qui s'approche de la flamme d'une bougie. Lui se brûlera, pas moi. Je sursaute lorsque son visage se tourne vers moi. Je ne m'y attendais pas. Elle me fixe sans vraiment me regarder. C'est comme si elle regardait au-delà de moi. Soudain, un grand fracas retentit et le mur de pierres face à nous se disloque instantanément, les blocs disparaissent pour laisser place à un paysage différent.

Nous sommes à présent dans une immense cour carrée, cernée par une rangée de lourdes colonnes richement décorées. Au centre de cette vaste cour intérieure, une foule est amassée autour d'un luxueux char qui supporte un précieux sarcophage. J'entends des lamentations, étouffées et lointaines. Néféret s'avance et tandis que nous approchons, la foule s'écarte, s'inclinant respectueusement au passage de la belle égyptienne.

Je suis impressionnée. J'admire les visages de tous ces individus : ils sont si beaux, si réels. Lorsque nous faisons face au sarcophage, le char se met aussitôt en branle, suivi par d'autres chargés d'offrandes et de coffres précieux qui forment un véritable cortège. Parmi la foule, je distingue une chaise à porteur sur laquelle est assis un jeune homme richement paré, avec des bijoux en or et surtout les emblèmes royaux dans ses mains. C'est sans doute le pharaon, me dis-je.

Dame Néféret, qui semble lire dans mes pensées, déclare à cet instant :

– Mon père, le grand Sésostris II bien-aimé, vient de nous quitter. Nous allons l'accompagner jusqu'à sa dernière demeure. Mon frère est le nouveau souverain.

Lorsque la chaise à porteur arrive à notre niveau, le jeune homme nous salue d'un signe de tête. Si je comprends bien, Néféret est une princesse royale ! Son frère est donc l'héritier. J'essaie de me rappeler les longues déblatérations de Lilly : il doit s'agir de Sésostris troisième du nom. Alors que je suis perdue dans mes pensées, Dame Néféret se met en route et je me dépêche de la rattraper. J'ai déjà perdu ma petite sœur au milieu de ces égyptomanies, je n'ai pas envie de me perdre à mon tour.

Quand je vais raconter cette expérience à mes amis, ils vont éclater de rire. Le cortège royal rejoint un groupe de prêtres, reconnaissables avec leurs tuniques blanches et leurs crânés rasés. L'un d'eux porte une peau de panthère et récite des prières que je ne comprends pas. Une foule inquantifiable est amassée le long d'un chemin sinueux qui mène jusqu'à la pyramide où nous étions il y a cinq minutes. Il y a clairement un truc qui n'est pas logique. Au passage du cortège, l'assemblée pousse des cris de lamentation tout en acclamant le nouveau pharaon. L'ambiance est indescriptible. Je suis au milieu de tout cela, emportée par l'émotion. J'ai presque envie de pleurer. C'est stupide, je ne le connais même pas ce Sésostris.

C'est Lilly qui doit être dans tous ses états. D'ailleurs, ce serait bien que je la retrouve. Dame Néféret marche près de moi. Ses cheveux tressés ondoient à chacun de ses pas, sa peau est éclatante sous le soleil brûlant des terres égyptiennes. J'admire le lourd collier autour de son cou, d'or et de lapis-lazuli. Il brille, c'est magnifique. Pendant que nous marchons, je sens le sable chaud du désert saharien envahir l'atmosphère, un souffle brûlant me caresse le visage. Je continue d'admirer cette princesse royale et je perçois même un parfum. C'est étrange. Une odeur sucrée et âpre en même temps, un parfum de jasmin capiteux mélangé à des épices. Est-ce son parfum ? Non c'est impossible, c'est juste un hologramme. D'ailleurs j'ai de plus en plus l'impression d'être coincée à l'époque de Sésostris II. Tout à coup, Néféret s'immobilise. Le cortège a disparu. Nous sommes seules et à nouveau devant l'entrée de la pyramide. Dame Néféret se tourne vers moi et tend ses mains en ma direction. Je fais de même, j'aimerais tellement la toucher. Lorsque mes mains rejoignent les siennes, je ressens de l'air froid qui enveloppe mes doigts. Je ne sens rien d'autre, évidemment. C'est sûrement l'air conditionné de la pièce, me dis-je à cet instant.

– Nos chemins se séparent ici. N'oublie pas ce voyage. Et n'oublie pas que je suis là pour te guider Alicia.

Un frisson glacé me parcourt entièrement. Je reste sans voix, tétanisée. Comment connaît-elle mon prénom ? Je suis incapable de bouger. J'aperçois une étincelle traverser ses pupilles à présent animées. Un léger sourire s'esquisse sur ses lèvres. Je commence sérieusement à avoir peur. Cet algorithme virtuel, cette intelligence artificielle qui anime cette chose devant moi me fait vraiment peur. On dirait une vraie personne. C'est flippant. Soudain, elle disparaît et tout s'éteint. Le noir total. Mon cœur tambourine à mille à l'heure. J'ai du mal à respirer. J'attends, sans savoir quoi exactement. Toujours rien. Mon casque a rendu l'âme. C'est décidé, je l'enlève. Le retour à la réalité, à l'instant présent, est un peu difficile. Je suis aveuglée par la lumière de la salle. Autour de moi, les autres visiteurs, casque sur les yeux, sont en train de déambuler au milieu d'un espace vide. Je cherche du regard des visages familiers et aperçois avec soulagement mes parents. Avec Lilly. Ils m'attendent et ont déjà rendu leur matériel. Je m'approche tout en essuyant mon front recouvert de sueur.

– Tout va bien Alicia ? s'inquiète ma mère.

J'acquiesce, sans pouvoir articuler un mot. Quel choc ce voyage dans le temps.

– Cela t'a plu ? demande Lilly qui déborde de joie. Moi j'ai adoré, c'était trop génial.

Je me contente de hocher la tête.

– Tu es sûre ? m'interroge mon père. Tu es restée immobile une bonne partie de l'aventure.

Je fronce les sourcils sans oser répondre. Je n'ai pas arrêté de suivre les pérégrinations de Dame Néféret et compagnie.

Nous regagnons la voiture. Lilly est tellement enthousiaste qu'elle voudrait revenir le week-end prochain. Ce sera sans moi ! Nous nous installons sur la banquette arrière. Lorsque je reprends mes esprits, je réussis à dire :

– Je reconnais que c'était vraiment bien. Pour une fois, j'ai aimé découvrir l'ancienne Égypte.

– Ah tu vois ! s'exclame Lilly.

– C'était tellement réel.

– Oui, on avait l'impression d'être à l'intérieur de la pyramide. L'architecture est très compliquée. Tu as vu, on a pu accéder à la chambre funéraire, c'est incroyable.

Je crois qu'on n'a pas vu la même chose. Si elle parle des blocs de pierre qui se sont disloqués, ce n'est pas vraiment de l'architecture selon moi.

– Il y avait aussi les funérailles du pharaon.

– Comment ça ? proteste Lilly.

– De quoi tu parles Alicia ?

– Et bien le cortège jusqu'à la pyramide. Il y avait aussi la fille de Sésostris II.

– Néféret ? demande Lilly.

– Oui. Tu as vu comme elle est belle, murmuré-je.

À cet instant, ma petite sœur me fixe avec un regard épouvantable. Un lourd silence s'installe dans la voiture l'espace de quelques secondes, qui me paraissent une éternité. Ma mère jette un coup d'œil inquiet à mon père qui, lui, est obligé de regarder la route.

– C'était juste une reconstitution de l'intérieur de la pyramide, réplique ma mère.

Je suis abasourdie. Elles se moquent de moi là ? Je secoue la tête. Je ne peux pas y croire, elles me font une mauvaise blague.

– Lilly, tu viens de me parler de Néféret. Elle était là. Tu me crois quand même ?

Elle me regarde comme si j'étais victime d'une hallucination. Elle n'ose pas répondre, effrayée par mon délire.

– Qu'est-ce que c'est que tu racontes ? s'agace ma mère. Qui est cette Néféret ?

– C'est une princesse royale, réplique Lilly. D'ailleurs, comment tu sais ça Alicia, puisque ça ne t'intéresse pas ?

Je suis totalement déboussolée. Personne ne me croit. Je regarde autour de moi, paniquée. Au final, est-ce que ce monde est bien réel ?

Lilly me tend le catalogue de l'exposition : c'est sans équivoque, il n'y a que l'intérieur de la pyramide commenté d'explications que je n'ai pas eues. Aucune princesse, aucun cortège royal. Rien de tout ce que j'ai vécu. Que s'est-il réellement passé pendant que j'avais ce casque sur les yeux ?

Cindy LE BOUCHER

La Pie

Enseignante en arts plastiques, Cindy Le Boucher est une artiste plasticienne originaire du sud-est de la France. Elle emménage en Guadeloupe en 2006 et s'intéresse à la culture caribéenne. Cet attrait sera visible dans ses peintures puis dans ses photographies. C'est une artiste complète. Plusieurs expositions verront le jour, notamment dans ses participations au Festival Cri de Femmes.

Son goût pour l'expérimentation l'emmène à créer des collaborations originales, principalement avec une pianiste. Ensemble, elles réaliseront des concerts/expo.

A compter de 2018, elle s'investit dans l'écriture. Cet art est un exutoire dans lequel elle tente d'insuffler une forme de poésie. Ses publications mettent en lumière des textes relatifs à l'essence de l'être, à l'invisible et à l'amour.

Je hâte le pas mais la pluie me rattrape. Ma vision se trouble tant l'averse est intense. Je longe la Seine en courant, puis me précipite à l'intérieur du bâtiment. Le bout de mes bottes fourrées est trempé, les gouttes d'eau ruissellent le long de mes cheveux bruns et viennent mourir dans mes reins me laissant la sensation amère d'une humidité mal placée. Pas le temps de rechigner pour payer l'entrée, cet endroit me permettra d'allier l'utile à l'agréable, de me réchauffer et de contempler. Malgré la froideur des sculptures en marbre qui m'accueillent à l'entrée, je sens la chaleur d'un lieu familier. Je circule à l'intérieur de la grande nef au milieu des œuvres de Jean-Baptiste Carpeaux, Auguste Clésinger ou encore la belle Suzanne de Paul Cabet.

C'est un espace lumineux qui ne peut laisser personne indifférent. Comme si le souffle de la nostalgie passait entre nous et les blocs de pierre sculptés. Mes vêtements mouillés commencent à me faire greloter. Le musée d'Orsay est un lieu chargé d'histoire et empreint de romantisme. Passionnée d'art, je regarde les peintures comme si elles renfermaient un secret. Elles ont des choses à m'apprendre, elles font des résonances en moi. Une, en particulier, attire mon attention. A dominante blanche, avec une touche empâtée, elle révèle un paysage enneigé. Des tons bleus, puis rosés, elle m'embarque dans l'harmonie de ses pigments.

Le monde s'efface autour de moi. J'écoute ce qu'elle me murmure. Elle me raconte une histoire qui m'émeut aux larmes. Des frissons me parcourent le dos, je me détourne alors et emprunte la voie de gauche en essuyant mes joues. Je monte à l'étage et me dirige vers le Campana, le bar situé à la sortie de la galerie impressionniste. J'ai déjà choisi ma place, face à l'horloge. Grosse et ronde comme un soleil, elle captive mon attention et alimente mon imagination. La vitre transparente laisse voir les aiguilles et le mécanisme. Un temps qui passe et qui pourtant semble s'être arrêté aujourd'hui.

- Bonjour, avez-vous fait votre choix ? m'adresse la serveuse.

- Oui, un thé et un café, s'il vous plaît.

Le thé me réchauffera, le café me transportera. Tout a commencé avec un morceau de sucre trempé dans le petit nectar chez ma grand-mère. Un petit geste traditionnel qui est venu ponctuer toutes mes visites chez elle, puis mes meilleurs moments entre amis à l'université, mes fins de repas seule dans mon appartement rue Ménard, mes partages entre collègues de travail... le café est une institution. C'est un instant de douceur inégalable.

- Voici, dit-elle en déposant les deux tasses sur ma table.

Je sens la première gorgée de thé me brûler la langue, la deuxième, descendre le long de mon larynx jusque dans mes entrailles. La troisième m'empourprer les joues. Mes yeux fixent à nouveau l'horloge. Les chiffres romains nous rappellent un autre temps. Mon esprit vagabonde, je retrace ces œuvres que je viens de visiter. J'ai toujours été sensible à la beauté mais l'impressionnisme est une perle dans une coquille d'huître. C'est la lumière qui s'arrête sur une page de poésie. Le parfum du café vient jusqu'à moi. Je prends la tasse en porcelaine et plonge mon regard dans le reflet noir. Je peux voir mon œil comme dans un miroir. Je ferme les yeux et porte le petit récipient à mes lèvres. Je me laisse envoûter par l'arôme au goût de noisette. Je suis instantanément immergée dans l'univers noir et paradoxalement si lumineux de toutes ces étoiles qui le composent. Un sentiment de gratitude infini m'envahit. J'étais arrivée là pour échapper à la pluie et je me retrouve au cœur de la magie de la vie.

Tout à coup, le bruit d'un volatile vient perturber ma rêverie. J'ouvre brusquement les yeux et déglutis la goutte amère qui enivrait mon palais. Une pie vient de se poser entre mes deux tasses. Elle ne semble pas effrayée. Je remarque que l'ambiance autour de moi est devenue très bruyante. Une sirène de locomotive me fait sursauter. Le décor a changé. L'horloge est toujours là mais les tables, les visiteurs et les serveurs ont disparu laissant place à un cadre quasi désertique aux armatures métalliques. Il y a une odeur de poussière. Je laisse ma commande sur place et marche en direction de la sortie. Je suis guidée par des voies de chemin de fer. Des containers sont placés sur les côtés. Des gens vont et viennent. Je reconnais le style Belle Époque, les femmes en corset et les hommes en costume trois pièces. Se pourrait-il que ?

- Elle est partie ! L'ingrate ! Elle est partie ! hurle un homme en gesticulant.

Je descends quelques marches et rejoins un attroupement. Un groupe d'individus moustachus, certains affublés d'une canne discutent vivement face à une sculpture en bronze représentant une jeune fille vêtue d'un tutu. Les bras jetés dans le dos et le menton en avant, elle a une attitude presque hautaine ; pourtant son petit minois, les yeux fermés révèle fragilité et humilité. Personne ne prête attention à moi. Les esprits sont bien trop occupés à débattre. En un clignement de paupière, j'ai basculé plus d'un siècle en arrière. Quelle chance pour l'étudiante que je suis de pouvoir assister à cette première exposition. Les œuvres n'ont pas encore la valeur inestimable que l'avenir leur conférera. Elles en deviennent plus précieuses, plus intimes à mes yeux. La sculpture de Degas qui m'intimide par sa fragilité, fait un sacré tapage. Certains y voient trop de réalisme, d'autres de la provocation. J'aimerais participer au débat mais je préfère observer.

Derrière moi, l'homme continue de vociférer. Il porte un tableau à bout de bras :

- Aidez-moi ! Sans elle, il n'est plus ! crie-t-il, désespéré.

Je m'approche de lui, il me semble deviner son identité. L'artiste porte une longue barbe et un ventre bedonnant. Une montre à gousset sort de la poche de sa veste. La toile dans ses mains dévoile un décor d'hiver. C'est le choc ! Il s'agit du tableau que j'ai longtemps contemplé il y a à peine une heure. Le coton blanc recouvre les arbres, les toits, l'herbe et une échelle dressée là, nue, dépourvue de... pie ! La pie qui est venue se poser sur ma table pourrait-elle être celle qui s'est échappée de la toile ? Je regarde encore autour de moi. La gare est en voie de devenir le musée que nous connaissons. Les artistes qui arpentent les allées sont issus des courants impressionnistes et réalistes que nous étudions à l'université. Il me semble voir monsieur Courbet au loin. Il tient une pipe et reste en retrait de l'animation. Sans grande conviction, mais portée par l'envie d'aider et la magie de la situation, je retourne à l'endroit où l'oiseau s'est posé près de mon café. En haut des marches, ma chaise et la table trônent seules au milieu d'un espace jonché de caisses en bois. Elles renferment certainement des colis ou de la marchandise. L'oiseau est toujours là ! Il n'a pas bougé. Je m'approche doucement en lui parlant. Essayant de le rassurer pour éviter qu'il ne s'envole, je tends mes mains vers l'avant. Contre toute attente, le petit être vient se loger au creux de mes paumes. La tête rentrée sous ses ailes, je l'embrasse avec amour et attention. Je caresse ses plumes douces, brillantes et je lui chuchote quelques mots affectueux. Je la remercie d'être restée. J'ai le sentiment qu'elle m'a choisie. Je la serre contre mon cœur et je retourne auprès du peintre.

- Monsieur Monet ! Je l'ai trouvée ! crie-je à l'artiste qui se retourne vers moi.

Le regard hagard, il fixe la pie blottie sur ma poitrine. L'inquiétude laisse place à l'apaisement. Il s'avance prudemment, les yeux larmoyants de reconnaissance et dit à voix basse :

- Reviens, mon paysage n'a pas de sens sans toi. Tu es le détail qui n'en est pas un.

Celui qui guide le regard. Tu éclaires le chemin, tu nous invites. Mon œuvre est si vide !

Le volatile incline la tête de droite et de gauche donnant l'impression d'être dans la réflexion. Je détends alors mes doigts pour lui laisser plus d'espace, la jolie pie secoue alors son plumage, s'envole et reprend sa place dans la toile. Étourdie par l'événement atypique qui vient de se produire, je recule nonchalamment quand un bruit strident m'arrache les tympans. J'ai à peine le temps de prendre conscience que je marche sur la voie ferrée...le train arrive face à moi.

A nouveau immergée dans le noir, l'odeur du café rentre dans mes poumons. J'ouvre les yeux, l'horloge est là et l'animation du bar a repris. Je comprends que je suis revenue dans mon temps. J'observe les porcelaines, la table, la pie me manque déjà. Je prends mes affaires, règle l'addition et me dirige vers la boutique de souvenirs. Je regarde avec attention les objets, calendriers, puzzles, crayons et puis je la vois. Une reproduction du célèbre tableau du peintre impressionniste, dans un cadre blanc, est posée derrière la caissière.

- C'est la dernière, vous devriez l'acheter, me lance un visiteur.

- Pardon ?

- Excusez-moi d'intervenir. Je me suis permis car je n'ai jamais vu quelqu'un regarder une œuvre comme vous. Je crois que ce tableau vous parle.

- Euh... je vous remercie, oui, je vais peut-être l'acheter, vous avez raison.

Cette intervention me laisse sans voix. Certainement une parole providentielle qui détermine définitivement mon choix. Je repars avec un sac en plastique et son précieux contenu. Absorbée dans mes pensées, je réfléchis déjà à son emplacement dans mon appartement. La pie sera à l'abri des regards. Le petit pan de mur rose au-dessus de ma table de chevet deviendra l'endroit propice à une relation intime. Au coucher, elle sera ma dernière image les yeux clos, je pourrai alors poursuivre notre folle rencontre dans mes songes, et au réveil, le petit oiseau m'accueillera à nouveau.

J'arrive au tourniquet de la sortie du musée. A l'extérieur, les nuages se sont dissipés et la pluie s'en est allée. Un rayon de soleil vient sécher les pointes de mes cheveux encore mouillés. Je ferme les yeux afin de ressentir pleinement la douceur de l'astre caresser ma peau. Je plisse les paupières, j'aperçois au loin l'homme qui m'a parlé dans la boutique de souvenirs. Il tourne au coin de la rue, suivi d'un oiseau noir et bleu, au ventre blanc.

Véronique LIEGARD

Transfuges

Je suis née il y a 68 ans sur la côte Atlantique de parents tous deux grands voyageurs. Ils m'ont transmis le goût de l'exploration sous toutes ses formes, physique ou immobile. C'est ainsi que depuis longtemps, je suis persuadée qu'il existe en chacun de nous une foule de possibles qu'une vie unique ne permet pas de réaliser, mais qui peuvent s'exprimer sans limite dans le champ merveilleux de la fiction.

Quelle étrange surprise de découvrir en soi, grâce à l'écriture, tant de choses qu'on ignorait y trouver !

Comme certains de mes écrivains de cœur – José Luis Borges, Italo Calvino ou, plus près de nous, Nina Allan – les histoires à la lisière du fantastique, où réalité et illusion flirtent et jouent à se confondre, me fascinent … C'est ce que j'ai tenté de faire dans "*Transfuges*".

Tout est déjà arrivé et rien ne s'est encore passé. Je me suis réveillé ce matin avec cette phrase saugrenue en tête. L'oubli avait englouti le rêve dont elle s'était détachée, la laissant seule surnager dans ma mémoire. Elle était absurde, comme la plupart des rêves. Mais pendant que je m'habillais, elle a continué à m'obséder à la façon d'un refrain inepte : tout est déjà arrivé et rien ne s'est encore passé... Que signifiait ce "*tout*" ? Que désignait ce "*rien*" ?

Irrité, je me suis mis en route vers le Ministère des Consciences où j'officiais en tant qu'agent de contrôle. Trois kilomètres de marche hygiénique où je reprenais la pleine possession de mon cerveau. Je détestais l'idée que le sommeil change chaque nuit mon crâne en boîte noire dont les sécrétions oniriques échappaient à ma volonté. Heureusement, nos chercheurs étaient en passe de parvenir à maîtriser les songes. Cette perspective m'a rasséréné et j'ai promené un regard satisfait sur les immeubles imposants plantés, telles de massives certitudes, le long des avenues de notre capitale. Serrés les uns contre les autres dans un continuum de muraille, ils n'offraient pas le moindre interstice par où un doute aurait pu se glisser. Le jour se levait à peine mais la lumière blanche dispensée par de forts projecteurs assassinait les ombres.

De loin en loin, je reconnaissais des collègues qui logeaient comme moi dans le quartier des fonctionnaires. J'adressais à certains un bref signe de tête, sans chercher à leur adresser la parole. Nous savions que les conversations étaient filmées et enregistrées, qu'elles se tiennent sur la voie publique ou dans l'intimité propice aux complots des logements privés – ce dernier détail étant ignoré des citoyens lambda. À l'image de nos chefs, nous jugions cette surveillance indispensable : il en allait de la sécurité de l'État. Je venais d'atteindre la Place du Renouveau dont la forme strictement octogonale comblait mon goût de la rigueur. La statue de bronze de notre Leader en ponctuait le centre. Allons, tout était parfait et rien n'était près de changer ! La phrase m'était venue spontanément à l'esprit. Sa symétrie involontaire avec celle qui me poursuivait depuis mon réveil m'a causé un fugitif malaise. Je l'ai ignoré, aidé par le spectacle des traits révérés de notre Leader immortalisés par le sculpteur officiel du Régime.

À les contempler, on comprenait pourquoi les principes et les règles édictés par Sa Personne structuraient si puissamment notre Nation. Nous avions l'impérieux devoir de nous y conformer et pour certains d'entre nous, de les faire respecter à la lettre. L'idée que j'étais de ceux à qui revenait cet honneur a fouetté mon orgueil et j'ai accéléré le pas. Je longeais le miroir d'eau où se reflétait la statue prestigieuse quand une femme m'a bousculé. Je l'avais vue arriver du côté opposé de la place, fouillant avec nervosité un sac marron informe. Faire un écart pour l'éviter m'aurait été facile, mais quelque chose m'en a empêché. « *Oh, pardon !* » s'est-elle exclamée en me heurtant. La couleur topaze de ses prunelles m'a causé un choc. « Désolée, » a-t-elle répété avec un sourire d'excuse, le visage toujours levé vers le mien – elle m'arrivait à peine à l'épaule. Elle a baissé la tête et j'ai perçu son mouvement de recul quand elle a découvert l'insigne épinglé sur ma veste noire. Ses doigts se sont crispés si fort sur la sangle de son sac que ses articulations ont blanchi.

Au lieu de le lui arracher pour en vérifier le contenu, je l'ai laissée s'éloigner dans un claquement précipité de talons. Furieux contre moi-même, je me suis remis en marche. Pourquoi avais-je permis à cette suspecte de filer ? Cela ne me ressemblait pas. Était-ce parce que la couleur rare de ses yeux m'avait rappelé ceux de Solveig, ma défunte épouse ? Je me suis retourné mais elle avait déjà disparu. Les seules silhouettes à traverser la place étaient masculines. Des fonctionnaires eux aussi, reconnaissables à la mallette noire fixée à leur poignet par un système de sécurité inviolable.

L'espace d'un éclair, j'ai revu la façon dont la femme avait agrippé la bride de son sac quand elle avait aperçu mon insigne de contrôleur des consciences. Si elles étaient toutes pures, il serait inutile de les vérifier, ai-je fulminé. Les gens comme cette femme ne comprenaient donc pas qu'il est plus confortable d'obéir sans se poser de questions ? Avec un reste de colère, j'ai emprunté la voie nord-ouest de la place qui débouchait sur l'imposante avenue du Progrès, dernière étape de mon parcours. Les vitres des immeubles alignés sur ses bords comme une armée au garde-à-vous étaient fumées et à l'épreuve des balles, double privilège réservé aux bâtiments officiels. Au sommet d'une volée de marches, une immense esplanade fermait la perspective. La Tour des Ministères s'y dressait tel le doigt noir de la justice.

Mais ce matin, la Tour était voilée par un halo semblable à la brume de chaleur qui tremble au-dessus d'un feu. C'était si extraordinaire que je me suis frotté les paupières, persuadé d'être le jouet d'une illusion. Quand je les ai rouvertes, elle était toujours aussi floue qu'un songe... Par une bizarre association d'idées, j'ai repensé à la technologie capable de pirater les rêves en cours de mise au point dans nos laboratoires.

L'objectif assigné par notre Leader était en passe d'être atteint : en manipulant les créations oniriques de suspects endormis, nous allions pouvoir corriger leurs pensées déviantes. Toute velléité d'opposition au Régime serait ainsi étouffée dans l'œuf ! Un soupir de regret m'a échappé. Si seulement nos chercheurs avaient été plus diligents, mon beau-frère Thadeus gagnerait encore des médailles grâce à son talent hors pair de dresseur de chiens. Hélas, il avait dévié de la ligne avant qu'il soit possible de le rééduquer. De quelle manière au juste ? Même moi, je ne l'ai jamais su. Selon la terminologie officielle, il avait dû être "*neutralisé*" pour "*atteinte à la sûreté intérieure*".

À l'époque, ma femme Solveig était déjà très malade. La perte de son unique frère avait aggravé son état et elle était morte peu après.

Un brouillard a soudain noyé l'avenue du Progrès et réduit l'horizon à une palette dégoulinante. Effrayé, j'ai porté une main à mes yeux. Étais-je en train de devenir aveugle ? L'humidité sous mes doigts m'a à peine rassuré. Je n'avais pas pleuré depuis si longtemps que j'avais oublié ce qu'étaient les larmes… Je n'avais plus qu'à espérer qu'aucun collègue arpentant l'avenue n'ait remarqué mon accès de faiblesse. Ma vue était redevenue nette et j'ai voulu jeter un coup d'œil autour de moi pour m'en assurer. Un violent vertige m'a aussitôt fait tituber. Le sol s'est dérobé sous mes pieds et l'espace d'une horrible minute, j'ai eu l'impression d'être sur le pont d'un bateau ballotté par la tempête.

Quand j'ai recouvré un semblant d'équilibre, l'avenue du Progrès avait disparu. Je me trouvais au milieu d'une modeste place dont l'ovale approximatif était cerné de maisons basses. Un soleil de midi rebondissait contre leurs vitres alors qu'il était tout juste sept heures du matin. Une terreur abjecte a fondu sur moi. J'ai respiré à fond pour tenter d'apaiser les battements désordonnés de mon cœur.

Un mirage... C'était forcément un mirage ! Enfant, j'avais entendu mon père évoquer ces phénomènes optiques aberrants provoqués, disait-il, par la déviation de faisceaux lumineux dans l'atmosphère. Selon lui, certains produisaient une sorte de brume d'où émergeaient des images irréelles. L'illusion allait se dissiper et... Un choc a de nouveau failli me déséquilibrer. Un gamin au visage rond couvert d'éphélides et à la tignasse rousse en désordre venait de surgir devant moi. Un réflexe m'a poussé à lui agripper l'épaule mais il s'est dégagé d'une preste torsion et il a détalé, non sans récupérer au passage le ballon qu'il avait lancé dans mes jambes.

J'ai raisonné à toute vitesse : les mirages n'étaient que des images sans consistance, or j'avais bel et bien touché ce garçon ! Je gardais encore au creux de ma paume la sensation du tissu rêche qui couvrait son épaule. J'ai risqué un pas prudent en avant, puis un autre... Le sol est resté ferme sous mes pieds. Mon étourdissement était passé, aucun danger immédiat ne semblait me menacer. Une venelle s'ouvrait devant moi et sans réfléchir, je m'y suis engagé. Des nuées de passants l'arpentaient sans hâte et plus extraordinaire encore, s'adressaient librement la parole. Certains s'arrêtaient même pour bavarder en groupes et plaisanter au vu et au su de tous. N'avaient-ils donc pas peur d'être espionnés ? Et quels vêtements rustiques ils portaient ! De simples assemblages de tissus, sans rapport avec nos uniformes en texticaments connectés et thermo-régulés qui mesuraient en continu la quasi-totalité de nos paramètres et bientôt, sonderaient nos pensées. Des enfants entraient et sortaient en courant de maisons au chaulage grossier, coiffées de plaques d'un rose orangé dont le matériau m'était inconnu. Mais ce qui me déconcertait le plus étaient les couleurs de leurs portes et de leurs volets – vermillon, jaune soleil, bleu vif ou vert cru – si éclatantes qu'elles m'obligeaient à cligner des yeux comme sous une trop violente lumière. J'ai réalisé que j'étais formaté par un monde où les demi-teintes se fondaient en un gris monocorde – où, dans un certain sens, la couleur dominante était l'absence de couleur. Dans celui-ci, les rues vues en perspective ressemblaient à des foulards arc-en-ciel. C'est au bout de l'une d'elles que je suis tombé sur un vaste carrefour où la foule se déversait...

Je suis resté bouche bée face au spectacle qui s'offrait à moi. Des bâches rouges et blanches étaient plantées un peu partout dans un incroyable désordre. Elles abritaient des tréteaux chargés d'un bric-à-brac que les badauds manipulaient à mains nues sans le moindre souci d'hygiène. Certains repartaient avec un article ou un autre après avoir tendu un bout de papier à quelqu'un par-dessus les tréteaux. J'avais entendu parler de ce genre de pratiques commerciales archaïques, mais elles étaient révolues depuis si longtemps que j'avais jugé inutile de m'y intéresser.

Depuis ma naissance, je ne connaissais que les échanges dématérialisés, comme mes parents avant moi et leurs propres parents avant eux. Même les relations sexuelles l'étaient pour des raisons de santé publique, sauf exceptions strictement encadrées. J'étais stupéfait de voir les gens de cette ville se frotter les uns aux autres, se toucher, s'enlacer, voire s'embrasser à pleine bouche sans vergogne ni crainte des maladies. Avec un mélange d'attirance et de répulsion je me suis faufilé dans la masse humaine. De puissantes odeurs m'ont aussitôt assailli. Elles émanaient de denrées amoncelées sur les tréteaux, si tant est qu'il s'agît bien de denrées car je n'en n'avais jamais vu de semblables.

Réprimant un haut-le-cœur, j'ai laissé mon regard errer sur des triangles de pâte coulante, des meules d'un jaune cireux criblées de minuscules cratères, des sortes de massues dont la section rose pâle était débitée en tranches et des rondelles couleur rubis incrustées d'éclats blancs luisants. Trois adolescents m'ont poussé pour en rafler chacun une poignée qu'ils ont fourrée d'un seul coup dans leur bouche. Un peu plus loin, un vieil homme se délectait d'une substance crémeuse pailletée de moisissures, des enfants mordaient à pleines dents une chair nacrée dont le jus dégoulinait sur leur menton... On pouvait donc prendre du plaisir à se nourrir ?

Un brouhaha troué d'exclamations et de rires me berçait comme une houle. Les mouvements de la foule m'ont peu à peu propulsé au centre du carrefour où s'élevait une fontaine à l'eau miroitante. Autour d'elle s'alignaient des seaux remplis de curieux objets colorés qui frémissaient sous la caresse de la brise. Subjugué, j'ai retenu mon souffle : leurs nuances étaient d'une richesse si fascinante qu'il m'aurait fallu inventer des mots pour les décrire.

« *Des fleurs pour votre amoureuse, Monsieur ?* » Une jeune fille s'est soudain matérialisée devant moi. De longs cils poudrés d'or frangeaient ses yeux noirs. « *Des fleurs pour votre amoureuse ?* » a-t-elle répété d'une voix mélodieuse. Ainsi, ces choses se nommaient des fleurs ? Ahuri, j'ai secoué la tête sans savoir quoi répondre. La fille s'est prestement retournée pour cueillir dans un seau une botte de tiges vertes surmontées de corolles d'un jaune éblouissant. « *Un bouquet de jonquilles pour la dame de vos pensées* », m'a-t-elle lancé en me le fourrant dans la main. Elle a précisé dans un éclat de rire : « *Cadeau pour les voyageurs !* » avant de s'éclipser dans un tourbillon de jupes. À ma surprise, les corolles dégageaient un parfum délicat, doux et sucré à la fois. Je l'ai respiré avec délectation, envahi par un étonnant sentiment d'apaisement.

Quel était cet endroit où je commençais à me sentir si bien ? Je scrutais les alentours en quête d'une réponse quand la stupeur m'a cloué sur place : ce que je voyais semblait impossible et pourtant... C'était bien ELLE dont je venais de repérer le chapiteau ouvragé reconnaissable entre mille, dominant le moutonnement orangé des toits ! Elle, la colonne de granit bleu, immémoriale gardienne de notre capitale, que notre Leader abhorrait parce qu'elle symbolisait un passé qui échappait à son emprise. Mais alors... cela signifiait que je n'avais jamais changé de lieu... Que j'avais été projeté dans une version alternative de la ville où j'étais né, une version située dans un autre flux temporel où n'existaient ni Contrôleurs des Consciences, ni Tour des Ministères, ni...

Je me suis arrêté net, effaré. Remettre en cause l'existence de notre Leader revenait à admettre que la réalité que j'avais prise toute ma vie pour un absolu n'était qu'un possible parmi d'autres. Non, c'était de la folie pure ! Je refusais de croire... Une bourrade m'a brutalement projeté en avant. Le sol s'est rapproché à une vitesse vertigineuse. Juste avant de le percuter, j'ai été happé par un tourbillon si violent que les couleurs s'y fondaient dans un éblouissement blanc.

Je me suis réveillé, vacillant sur mes jambes. Pareille à un bateau ivre, l'avenue du Progrès tanguait autour de moi. Puis subitement, tout est redevenu net : l'avenue, les immeubles aux angles durs qui la bordaient et droit devant moi, la Tour des Ministères. Je me suis remis en marche d'un pas de somnambule. N'était-ce pas ce que j'étais ? J'avais dû rêver. D'ailleurs le souvenir de ce songe s'effilochait à mesure que je me rapprochais de la Tour. Son dernier lambeau s'était envolé à l'instant où j'ai atteint son pied. J'allais en franchir les portes quand un instinct m'a poussé à me retourner. Sur les dalles noires de l'esplanade brillaient trois objets d'un jaune étincelant. De petites choses en forme de larmes que je suis revenu écraser à coups de talon. J'ai horreur des débris apportés par le vent : on ne sait jamais où ils ont pu traîner.

Laurent MAILLARD

La poupée d'Eylau

Je suis né en 1964 à Longwy, au cœur de la Lorraine sidérurgique, et habite au cœur de la forêt de Rambouillet. J'aime à jongler avec l'écriture, passant du récit classique, aux paroles de chansons ou micronouvelles. À travers les mots, je « croque » les passants que je croise dans ma vie quotidienne, leur inventant, le temps d'un trajet en train, une vie de quelques lignes... Après avoir fait l'essentiel de ma carrière professionnelle au sein d'un grand groupe du secteur de l'environnement, je vole de mes propres ailes depuis trois ans en tant que consultant en communication. D'aussi longtemps que je m'en souvienne, j'ai toujours aimé lire. Au fil des ans, de manière de plus en plus compulsive. Mais l'idée d'écrire ne m'était jamais venue, ce n'était pas pour moi. Jusqu'à ce que je gagne un concours de premier roman et que « Tout doit disparaître » passe, en mars 2022, de mon ordinateur à toutes les bonnes librairies. Depuis, j'ai découvert avec beaucoup d'intérêt la pratique de la nouvelle, exercice d'écriture très stimulant.

Et je me souviens avec reconnaissance de ma professeure de français de seconde qui, un jour, m'avait fait lire ma rédaction debout devant toute la classe. Sans que je le sache encore, elle avait semé une graine en moi.

Après recoupement, Gérard en avait désormais la certitude. La seule petite fille de l'immeuble en âge de jouer à la poupée était la petite Arlette. Le temps n'avait pas eu de prise sur ce moment que sa mère avait pris soin de raconter dans le récit de ses souvenirs d'enfance.

Elle, la provinciale de Meurthe-et-Moselle, était arrivée à Paris avec la guerre. Sitôt l'armée allemande occupant la Lorraine, la sidérurgie française avait été mise sous le boisseau et ses cadres dirigeants interdits de séjour dans les usines annexées. Son père, qui exerçait des fonctions commerciales aux Aciéries de Longwy, fut alors appelé au siège social du 103 rue de la Boétie. La maîtrise de l'acier était clé dans le déroulement du conflit et, avec elle, la difficulté de continuer à produire avec les intérêts évidemment divergents de l'Etat français, de l'occupant allemand et du Comité des Forges.

« *Notre appartement de l'avenue d'Eylau était très grand. Salle à manger avec bow-window très agréable. Un grand salon, fermé à clé, où Papa nous avait interdit de pénétrer. C'était un grand mystère pour moi et plein de points d'interrogation. J'avais remarqué où Papa cachait les clés et un jour, étant seule à la maison, je n'ai pas résisté à la tentation. Qu'ai-je découvert ? Plein de meubles, de bibelots, de cadres et beaucoup de jouets d'enfants, dont une très jolie poupée* ».

Pourquoi Gérard s'était-il lancé dans cette quête qui n'avait aucun sens ? Quatre-vingts ans avaient passé, le livre d'histoire s'était refermé depuis longtemps déjà.

— Tes recherches sont truffées d'hypothèses, tu as bien conscience que tu construis sur du sable ?

Geneviève était pour le moins réservée sur la nouvelle lubie de son historien de frère. A la lecture des mémoires de leur mère, il avait décidé de remonter le temps.

— Tu as raison, je lance des hypothèses mais je referme les portes dont je ne suis pas sûr. Fais-moi confiance. J'ai commencé par consulter les recensements de Paris. Au 36 de l'avenue d'Eylau, il n'y avait que 13 familles et 40 personnes. Parmi elles, six enfants mineurs, dont trois filles. Sur ses trois familles, restait à rechercher lesquelles pourraient avoir des origines juives. Une seule coche les cases : la famille Samuel. Le chef de famille, René, ainsi qu'Hélène, son épouse, sont issus de familles juives ayant fait souche en Moselle depuis de nombreuses générations. Elle est femme au foyer, lui tient, avec ses frères, un commerce au 14 rue de l'Echiquier, dans le Xe arrondissement. Une manufacture de chemises.

— Admettons que tes déductions soient exactes, à quoi aura servi cette enquête ?

— Ma chère sœur, tout ne doit pas nécessairement avoir du sens. Quand notre mère raconte son arrivée dans cet appartement réquisitionné, elle ignore encore qu'elle met ses pas dans ceux d'une famille qui a eu l'intuition de quitter Paris lorsqu'il en était encore temps. Avant les rafles, le port de l'étoile jaune, l'aryanisation des biens. J'ignore encore comment les nôtres ont pu se faire attribuer cet appartement. On pourrait penser que ça ne présage rien de bon mais pour autant c'est l'entreprise de notre grand-père qui est à la manœuvre, pas notre grand-père. Et la suite du récit de maman montre le respect qu'il avait pour ces inconnus auxquels il empruntait le domicile.

— C'est-à-dire ?

— Je te rafraîchis la mémoire. Ecoute la suite du récit de maman : « J'avais très envie de la prendre, elle avait une très jolie tête en porcelaine et dans mon esprit, je trouvais qu'elle m'attendait. Il y avait également une jolie petite caisse qui contenait des jouets. Un Gambino, un nain jaune, un jeu de quilles, quelques peluches. Que faire... La prendre et essuyer les foudres de mon père ? Je suis repartie à toute vitesse, laissant la poupée, la caisse et remettant les clés à leur place. Quelque temps plus tard, après en avoir discuté avec Papa, il me dit : « *Tout ce qui est dans ce salon est sacré. Cet appartement a été réquisitionné à des Juifs, peut-être reviendront-ils après la guerre* ». Il l'espérait et moi-aussi. J'avais très envie que la petite fille, que je supposais de mon âge, retrouve sa jolie poupée ».

— Et cette petite fille...

— C'est Arlette. Arlette Samuel. Née le 28 mars 1931 à Paris. Elle avait un frère, Claude de six ans son aîné.

— Et j'imagine que tu imagines qu'elle pourrait être encore de ce monde ?

— Elle aurait quatre-vingt-dix ans, c'est jouable.

— Et si tu la retrouves après tout ce temps, que lui diras-tu ?

— Je lui lirai le récit de maman et je lui demanderai pardon.

— Pardon pour quoi ?

Gérard s'était levé et était allé ouvrir le banc coffre de l'entrée. Il en revint avec un sac plastique.

— Pour ça, dit-il en déposant le sac sur la table, devant sa sœur.

Elle entrouvrit le sac et y vit une très ancienne poupée d'une trentaine de centimètres de hauteur.

— C'est une Bleuette. Une poupée entièrement articulée créée en 1905 par les éditions Gautier pour le lancement du journal La Semaine de Suzette. C'était un hebdomadaire destiné aux fillettes et jeunes filles de bonne famille.

— Et c'est celle d'Arlette...

— Maman m'en a fait l'aveu quelques jours avant de disparaître. Lorsqu'on lit ses mémoires, on comprend qu'elle a résisté à la tentation. Mais ce qu'elle ne dit pas, c'est qu'elle est revenue une seconde fois dans cette pièce. Elle y a laissé les jouets mais a pris la poupée au si joli sourire. Ça peut sembler anecdotique mais, même après toutes ces années, ce souvenir lui pesait. Une trahison vis-à-vis de son père. Un vol vis-à-vis de cette petite fille qui, revenant dans son appartement, n'y retrouva pas la poupée à laquelle elle tenait tant.

— Pour autant qu'elle soit revenue.

— Nos grands-parents ont quitté Paris en décembre 1945. Sans que cette famille Samuel n'ait manifestement reparu. La petite n'a en tous les cas pas été déportée, ni ses parents. J'en ai eu la confirmation par Serge Klarsfeld lui-même. Avenue d'Eylau, seuls Maxime et Rose Hesse l'ont été, ils habitaient au n°4. J'ai le sentiment que les Samuel ont été assez lucides sur la tournure que prenaient les événements et sont donc partis rapidement se réfugier. Probablement en province, où ils avaient leurs racines.

— Sais-tu autre chose sur cette petite Arlette ?

— Malheureusement peu. Qu'elle avait dû être scolarisée à la huppée école Saint-Honoré d'Eylau. Qu'elle n'avait pas d'amies de jeu dans son immeuble. Dominique et Anne, les enfants de l'industriel Pierre Philbert ou Yves et Jacqueline, ceux de Georges et Suzanne Regniault, avaient entre cinq et dix ans de plus. Notre grand-père a emménagé dans l'appartement après la déclaration de guerre, en 1939. La petite Arlette n'a donc pas vu, le 14 juin 1940, les troupes allemandes entrer dans Paris avant, dans la matinée, de faire flotter un drapeau géant à croix gammée sous l'Arc-de-Triomphe. C'est probablement notre mère qui a assisté au défilé sur les Champs-Élysées des troupes du général von Stunitz.

— Et que vas-tu faire maintenant ?

— Chercher encore. Je l'ai promis à maman.

Gérard avait la qualité de ses défauts. Certains le jugeaient buté, d'autres opiniâtre. Une chose était entendue : il ne lâchait pas facilement le morceau. Aussi poursuivit-il ses recherches en se rendant aux Archives Départementales de la Seine, boulevard Serrurier. Il apprit sur les différents propriétaires de l'époque présents dans l'immeuble, mais rien sur la famille Samuel. Il trouva néanmoins trace de la femme de chambre de la famille, une certaine Henriette Lorimier, originaire de Côte-d'Or. Elle s'était éteinte quelques années plus tôt à l'âge plus que vénérable de 103 ans.

Être dans une impasse le faisait clairement enrager. Il s'était également rendu sur place mais aucun nom sur les boîtes aux lettres ne faisait écho à ceux relevés sur le recensement. C'est une conversation avec l'un de ses amis, qui avait dû placer sa mère quelques années auparavant en ehpad, qui lui mit la puce à l'oreille.

— Ne pas trouver son adresse ne veut pas dire qu'elle n'est plus de ce monde ta petite Arlette. Regarde maman, tu n'aurais jamais pu la retrouver.

— Qu'essaies-tu de me dire ?

— Qu'il faut que tu contactes les maisons de retraite en cercles concentriques. En partant de celles proches de l'avenue d'Eylau et en élargissant progressivement à la banlieue proche. En faisant le pari qu'elle ne s'est pas trop éloignée de sa ville d'origine.

Ce que Gérard fit consciencieusement. Avec succès. Deux semaines plus tard, un établissement de Levallois-Perret, spécialisé dans l'accueil des personnes âgées, lui répondit qu'il hébergeait bien une Arlette Samuel dont la date de naissance correspondait à celle communiquée par Gérard. Il contacta la direction de l'ehpad et prit rendez-vous pour la semaine suivante.

L'établissement, qui répondait au nom évocateur de « La belle époque », était relativement récent et abritait un magnifique parc parsemé d'arbres plus que centenaires. La directrice, madame Dupin, l'accueillit chaleureusement.

— Je suis très heureux de vous voir. Madame Samuel ne reçoit pas de visites, en tous les cas aucune depuis que je suis arrivée en poste, il y a déjà dix ans. J'ai consulté son dossier en prévision de votre visite. Nous l'avons accueillie, à la demande des services sociaux, en 2012. Elle était déjà atteinte d'une maladie dégénérative qui altère notamment sa mémoire. C'est une résidente sans aucune histoire, très facile à vivre. Mais elle ne dit que peu de mots, et pas toujours très cohérents. Je crains fort que votre rencontre ne tourne au monologue, je préfère vous avertir. Excusez ma curiosité, mais pourrais-je savoir qui vous êtes par rapport à elle et la raison de votre visite ?

— Pour être tout à fait transparent, je ne l'ai jamais vue. Mais son histoire est intimement liée à celle de ma famille et j'ai besoin d'en recoller les morceaux. Je n'ai pas d'attentes particulières, juste une promesse dont je dois m'acquitter.

— Très bien, je vous laisse. A cette heure-ci, vous la trouverez sous le grand tilleul, au fond à droite du parc.

Gérard s'engagea sur le chemin gravillonné, qui présentait en son milieu une bande bétonnée pour faciliter la circulation des fauteuils roulants et déambulateurs. Il avait été étonné de trouver au cœur de la ville un endroit d'une telle quiétude. Il s'approcha de la vieille dame, assise sur un banc, et qui semblait assoupie, la tête légèrement en arrière. Elle avait de beaux cheveux blancs et un visage aux traits étonnamment reposés.

— Bonjour Arlette.

La vieille dame ouvrit les yeux. Ils étaient d'un magnifique vert émeraude. Elle fixa Gérard. Intensément.

— Je ne vous connais pas, vous ne me connaissez pas. J'ai juste un message à vous faire parvenir de ma maman, qui s'en est allée en début d'année. Elle non plus ne vous avait jamais rencontrée. Le 36 avenue d'Eylau, j'imagine que ça vous parle ?

Arlette avait froncé les sourcils à l'écoute de son ancienne adresse. Où elle avait vécu insouciante avant que la guerre ne vienne bouleverser sa vie et son enfance.

— Ma maman était un peu plus jeune que vous. Vous êtes de fin mars 31, elle était de la fin janvier 33. Enfant, avec ses quatre frères, elle habitait avec ses parents une magnifique maison à Longwy, en Meurthe-et-Moselle. Puis, la guerre est arrivée et la famille a dû déménager à Paris. Au 36 avenue d'Eylau. 3e étage pour être précis. Comment se sont-ils retrouvés dans votre appartement, je l'ignore. Mais le fait est qu'il s'agissait bien du vôtre.

Arlette le fixait toujours et il eut l'impression qu'elle comprenait parfaitement ce qu'il lui disait. Gérard sortit de sa poche une feuille de papier pliée. Il lui lut le passage des mémoires qui décrivait l'appartement et la pièce dans laquelle elle n'avait pas le droit de pénétrer.

Les yeux d'Arlette balayèrent alternativement l'espace de gauche à droite, témoins de la soudaine anxiété qui s'était emparée d'elle. Gérard ne sut pas dire s'il fallait qu'il continue ou qu'il marque une pause.

Arlette, qui n'avait pas fait le moindre geste jusque-là, leva son bras gauche et posa délicatement sa main sur celle de son visiteur. Ce qu'il prit pour une invitation à poursuivre.

— Maman m'a confié, peu avant de mourir, quelque chose qu'elle m'a demandé de vous remettre.

Il ouvrit la fermeture de son sac à dos et en sortit la poupée. Il sentit la pression subitement exercée par la main d'Arlette.

— Elle n'avait alors que six ans et elle avait bravé l'interdiction de son père. Rappelez-vous ce qu'elle écrivait : « *je trouvais qu'elle m'attendait* ». 84 ans ont passé. Elle m'a avoué qu'elle avait toujours regretté d'avoir pris la poupée, votre poupée. Elle souhaitait que le destin vous la rapporte. Voilà qui est fait.

Gérard tendit lentement le jouet à Arlette. La main de la vieille dame lâcha l'avant-bras de son visiteur et s'en vint saisir la poupée.

Elle la serra contre sa poitrine. Et ses larmes coulèrent.

Déborah MIRABEL

Prix de l'Originalité

La Collection d'Edouard

Déborah Mirabel n'a jamais su choisir entre deux desserts et opte souvent pour le café gourmand. Professionnellement, elle aime aussi varier les plaisirs : chroniqueuse littéraire, enseignante en maternelle, conceptrice de supports pédagogiques... Elle écrit au tableau, des articles, des ouvrages pédagogiques et même des romans !

Bibliographie non exhaustive :

- *L'école des Pointes, Tomes 1 et 2, Flammarion Jeunesse*
- *Tout va disparaître, Éditions de l'Alchimiste*
- *Série d'albums L'école des Pandas, Auzou*

Site internet : https://deborahmirabel.wordpress.com/

L'éboueur avait trouvé ce qu'il chérissait le plus au monde : un manuscrit abandonné. Ses collègues se moquèrent de lui. Avec gentillesse, toutefois. Des petites phrases, lancées à la volée. Toi, Edouard, t'es un intello. Le premier de la classe parmi les cancres. L'ovni de la benne. Edouard ne répondit pas, se contenta de sourire, sans rien changer à ses habitudes, à son rituel du quotidien.

Chaque jour depuis les dix-huit années qu'il exerçait ce métier d'agent de la propreté urbaine, Edouard traquait les pépites. Non pas, contrairement à ses camarades, en espérant trouver un ticket de loto gagnant, une caissette remplie de vieux billets ou un bijou tombé accidentellement dans la poubelle. Son dada à lui, c'était les manuscrits. Reliés ou non, avec ou sans couverture. Des écrits, jetés par l'auteur mécontent, par colère, lassitude ou désespoir, dans une poubelle domestique et qui, s'ils n'étaient pas sauvés par la main providentielle d'Edouard, auraient fini dans l'immense benne à ordure puis réduits en bouillie.

Quand il trouvait une « *œuvre d'art* » comme il les appelait, Edouard le prenait comme l'on saisit un nouveau-né. Avec une délicatesse quelque peu effrayée. Une peur teintée d'admiration. Un manuscrit. Le graal de sa journée.

Mis de côté puis accroché dans sa pochette pendant les longues heures de ramassage des ordures, le texte attendait patiemment le retour d'Edouard à son domicile où, excité et impatient comme un enfant de quatre ans le jour de Noël, Edouard s'empressait de se doucher et s'attablait ensuite devant l'œuvre. Pour, avec délectation, page après page, la déguster avec le plus grand soin.

Des œuvres rescapées, Edouard en possédait des dizaines. Des bribes de récits de vie, souvent bancales et maladroites. Des romans policiers à la structure chaotique. Et puis, parfois, des textes qui l'emmenaient dans un voyage inattendu, explorer un monde nouveau, rencontrer des êtres de papier plus vrais que nature, et qui lui laissaient, à la dernière page, la satisfaction d'avoir déniché un véritable trésor.

Les autres lui demandaient : *pourquoi ne lis-tu pas de « vrais » livres* ? Edouard expliquait que ces romans abandonnés, jamais lus peut-être, excepté par l'auteur, le charmaient davantage. Le plaisir de se sentir unique lecteur et la chance de lire un texte voué à l'oubli ajoutaient du piment au grand plongeon dans l'univers fictif.

Et qu'en fais-tu, de ces manuscrits, quand tu les as terminés ? Edouard se contentait de hausser les épaules, de balayer la question d'un revers de la main. Ce que ne voulait révéler Edouard, c'était son attachement pour ces œuvres uniques. Il les chérissait d'un véritable amour. Chez lui, les piles s'amoncelaient. Les polars, les récits historiques, les journaux intimes. Et puis, d'autres piles, plus subjectives : les textes incomplets, les œuvres au trop grand nombre de fautes, les coups de cœur. Cette dernière pile, Edouard la gardait au pied de son lit. Elle ne contenait que trois textes : une romance qui lui avait fait verser quelques larmes, un récit de guerre dont Edouard ne savait s'il s'agissait d'un témoignage ou d'une fiction et le roman qui narrait la vie d'un homme à travers les yeux de la peluche dont il ne se séparait jamais.

Pierre, son vieil ami de la benne, lui avait demandé pourquoi il n'envoyait pas les pépites aux éditeurs. Edouard n'y connaissait rien et, surtout, n'avait aucune envie de partager avec le reste du monde ses précieuses découvertes.

Surtout la dernière. Ce roman qui l'empêchait de dormir. Celui auquel il pensait le matin au réveil, à chaque heure de sa journée et jusque sous la douche. Ce texte, déniché la semaine passée dans la Rue Queneau et qui, dès la première phrase, avait capté son attention :

« L'éboueur avait trouvé ce qu'il chérissait le plus au monde : un manuscrit abandonné. »

Edouard avait aussitôt refermé le manuscrit. D'un geste de la main, il l'avait éloigné à l'autre bout de la table comme le diable en personne. Les pensées avaient défilé dans son esprit. Quelle était cette farce ? Quelqu'un cherchait-il à se moquer de lui ? Un auteur l'avait-il espionné pour trouver l'inspiration en le transformant malgré lui en héros ?

La tentation l'avait fait rouvrir le texte une seconde fois. Mais, dès la lecture de la première phrase, sa main avait refermé l'épais paquet de feuilles. Non, Edouard ne souhaitait pas savoir. Ou il n'osait pas. La frontière entre sa volonté et sa peur était ténue et Edouard avait du mal à analyser ses propres pensées. Vivement, il s'était levé et avait ressenti le besoin de mettre de la distance entre le document et lui. Comme pour s'éloigner d'une tentation à laquelle on sait que l'on ne pourra résister longtemps. Puis, Edouard avait dîné, en tête-à-tête avec le bloc de feuilles au secret bien gardé, le dévisageant à chaque cuillerée avalée, sans savoir quel goût pouvait avoir le plat ingurgité. Edouard s'était ensuite couché, le manuscrit déposé sur sa table de nuit. Le lendemain, l'éboueur avait fui, détourné le regard du bloc de papier et s'était précipité dehors.

Depuis, il agissait en automate. Benne, poubelles, ramassage. Ses gestes, robotiques et réguliers, comme ceux de la machine qui broyait les ordures. Et dans sa tête, une explosion permanente.

Et si la vie de cet éboueur était meilleure que la sienne ? Si, en dénichant un roman extraordinaire, il osait contacter des maisons d'édition, endossant le rôle de l'auteur, et récoltait les lauriers de ce travail volé ? Si ce personnage de fiction devenait richissime, le renvoyant à sa piètre situation ? Ou si, à l'inverse, l'histoire peignait de la plus atroce façon, son exécrable quotidien ? Montrant, avec des descriptions extrêmement réalistes, à quel point le travail d'Edouard était ingrat et sa vie pathétique ?

Ou, peut-être, le manuscrit narrait-il avec précision chacun de ses gestes, comme s'il percevait l'avenir et anticipait la moindre de ses actions ?

Ces possibles donnaient le vertige à Edouard. Plus les jours passaient, plus le texte l'effrayait. Au point d'avoir besoin de l'éloigner davantage encore. Les feuilles de papier, entourées d'un épais scotch, étaient maintenant hors de la vue d'Edouard, en haut d'un placard, cachées sous une couverture.

Pourtant, chaque jour, en passant devant le meuble, Edouard avait l'impression que le roman l'appelait. *Lis-moi ! Lis-moi !* semblait-il hurler lorsqu'Edouard buvait son café du matin, se shampouinait férocement le cuir chevelu ou enfilait sa tenue de travail.

Le pire, c'était la nuit. Edouard rêvait du manuscrit et s'éveillait, en sursaut et en sueur, assis sur son lit, en regardant autour de lui. L'avait-il lu ? S'était-il levé sans s'en rendre compte pour découvrir, enfin, ce que contenait ces maudites pages ? Des flashs ne cessaient d'apparaître dans ses rêves : l'éboueur plaquait tout pour retrouver l'autrice d'un des manuscrits, partait vivre au Brésil, tombait follement amoureux de cette fille incroyablement talentueuse, avait deux enfants dans l'année, des jumeaux, Alix et Zacharie, un A et un Z, pour symboliser l'alphabet qui avait servi à écrire ce fameux roman qui les avait réunis. Ou bien, il rêvait de sa déchéance la plus extrême, sa folie qui grandissait à chaque texte trouvé et qui le poussait à fouiller de plus en plus d'ordures afin de trouver un nouveau volume, ces pages devenues sa drogue qui le maintenait en vie.

Au réveil, haletant, Edouard ne savait plus si, dans une pulsion inarrêtable, il avait fini par céder à la tentation de la lecture ou si seuls ses rêves étaient à l'origine de ces récits de vie possibles.

Au travail, ses collègues remarquèrent son trouble. Les poches sous tes yeux vont bientôt te servir de hamac ! riaient ses amis. Puis, inquiets, ils lui posaient une main sur l'épaule. *Tu as des soucis ? Tu veux en parler ?*

Non, Edouard ne voulait pas. Il ne désirait pas non plus qu'on lui mette de côté de nouveaux manuscrits. Il déclinait lorsqu'on lui tendait les pages cornées rescapées d'une poubelle de cuisine. Il maugréait que cela ne l'intéressait plus, qu'il ne fallait plus jamais lui parler de littérature.

Mais les rêves persistaient et le roman semblait de plus en plus lourd en haut de ce placard qu'Edouard n'osait même plus approcher. Edouard le savait : il lui fallait agir. Sortir de cette vie de Schrödinger où tout et son contraire semblaient possibles à chaque seconde.

Un soir, décidé, Edouard grimpa les marches de sa cage d'escalier avec une rage nouvelle. Avec empressement, il se saisit de son trousseau de clés, les fit tomber dans sa hâte, les ramassa, trembla en insérant la clé dans la serrure et marcha d'un pas rapide vers le placard, sans même refermer la porte d'entrée. Il attrapa une chaise, se hissa, tendit le bras et attrapa l'objet qui l'empêchait de dormir, de respirer, de vivre.

Le tenant du bout des doigts, il se précipita dans la salle de bain, le jeta au fond de la baignoire, chiffonna quelques feuilles de papier journal, sortit la boîte d'allumettes qu'il gardait toujours dans la poche de sa tenue de travail et mit le feu à l'objet de sa hantise. Trois secondes à peine s'écoulèrent et Edouard regretta son geste. Il arrosa à grande eau les feuilles, les sépara une à une. Et lut. D'une traite. Assis sur le carrelage froid de sa salle de bain.

Quand il eut terminé sa lecture, Edouard se saisit d'une nouvelle allumette et ralluma du papier journal. Alors, sans détacher ses yeux des flammes, Edouard sentit qu'il retrouvait le souffle qu'il avait perdu ces dernières semaines. Enfin, il se sentait vivre, libre.

Lorsque les dernières bribes de manuscrit furent consumées, Edouard se ranima. L'urgence reprenait. Il devait agir.

S'attablant dans sa cuisine, il prit un texte au sommet d'une pile et l'ouvrit à l'envers. La page blanche, noircie au dos par un récit qu'il avait déjà oublié, l'attendait. À cet instant, son rythme cardiaque se calma et Edouard décapuchonna lentement l'unique stylo qu'il conservait toujours sur lui. Doucement, lettre après lettre, il écrivit la première phrase : *L'éboueur avait trouvé ce qu'il chérissait le plus au monde : un manuscrit abandonné.*

Elie NICOLOPOULOS

Futur antérieur

Je suis né en 1948 en Camargue, terre de Provence, où j'ai grandi entre la mer et le Rhône. Marié, père de trois garçons, passionné de la langue française, je me suis mis sur le tard à l'écriture. À la demande de mes enfants, j'écris à titre privé 2 romans et des nouvelles. A la retraite depuis 2015, je participe au concours d'écriture de l'association du SEBASTOGRAPH dont j'obtiens le 3ème prix, puis le premier prix l'année suivante.

Le plaisir que je prends à trouver l'inspiration pour créer des personnages et des situations comiques ou dramatiques m'encourage à persévérer dans ce domaine.

J'ai depuis été lauréat de nombreux autres concours à travers la France dans les domaines les plus variés : policier, science-fiction, philosophique... En dehors des voyages et du bricolage, je partage ma vie entre Marseille et Paris où j'adore, avec mon épouse, flâner et profiter des richesses culturelles de la capitale.

- Réveillez-vous, Herbert Wells ! Retour vers le présent !

Je détourne mon regard de la fenêtre pour le poser sur le Professeur Stephenson qui poursuit :

- On rêvasse ? Eh bien non, nous ne pouvons pas voyager dans le temps ! Et d'ailleurs, nous ne le pourrons jamais.

Nous venons d'aborder le cours sur la relativité restreinte. Planté devant mon bureau, Stephenson s'est penché vers moi et continue à pérorer :

- L'an 802000, les Morloks, les paradoxes spatio-temporels, ne sont que fantaisies, élucubrations, idées fantasques, nées dans le cerveau alambiqué de cinéastes ou d'écrivains de science-fiction. Votre grand-père en savait quelque chose, n'est-ce pas ?

Stephenson est un personnage replet et rougeaud, infatué de sa personne et probablement jaloux du nom que je porte. Enseignant au Collège Royal de Physique, il travaille depuis bien longtemps sur un ouvrage dont on s'est lassé d'attendre la parution. Je voudrais pouvoir l'atomiser et le disperser dans les oubliettes du temps justement. Je me suis levé et soutiens son regard.

- Oui, mais lui au moins a été publié ! Et plusieurs fois encore !

Le coup a porté. Stephenson frise l'apoplexie. Ses yeux se dilatent, ses joues se gonflent et deviennent écarlates. Incapable de rajouter un mot, il a bombé le torse, porté son ventre en avant et me désigne d'un doigt vengeur la porte de la classe. Je sors, mais avant de refermer la porte je me retourne. Toute la classe est suspendue à mes lèvres.

- Et, pour parler du temps, il est toujours lu près de quatre-vingts ans après sa mort. Certains aimeraient bien pouvoir en dire autant.

C'est le coup de grâce, l'estocade finale. Sous les fous-rires des autres étudiants qui s'en donnent à cœur joie, il hurle à travers la classe :

- Au bureau du directeur !

J'ai compris. Le collège est plutôt rigoureux sur l'insolence envers les profs. Le pot de terre contre le pot de fer. Je suis bon pour quelques jours d'exclusion,

Les derniers immeubles de Londres se sont évanouis depuis longtemps dans l'horizon grisâtre d'un vilain mois de novembre quand j'arrive dans le Kent. La maison de campagne de Grandpa dont on a hérité y est nichée dans la verdure. Elle est encore meublée comme lorsqu'il nous a quittés en 1946. Ceux qui veulent en avoir un rapide aperçu n'ont qu'à lire son roman : « *La machine à explorer le temps* ». La cheminée, où j'ai mis à brûler une énorme bûche, est à la même place. Sur les murs, les lampes à incandescence en forme de lys d'argent, même modernisées, répandent encore leur douce lumière. Les fauteuils qu'il avait lui-même dessinés embrassent et caressent toujours ceux qu'ils enveloppent et, si l'on suit un petit corridor, on débouche dans l'atelier qu'il fait décrire à l'explorateur du temps comme le laboratoire où il construisit sa machine.

Là, sur l'établi contre un mur, traînent ses vieux outils. Au-dessus, l'ancienne pendule soigneusement entretenue, marque encore les heures, minutes et secondes. Bien sûr, j'ai conscience qu'il ne s'agit que d'une œuvre de fiction, mais le fait qu'il ait pris cette maison comme décor de son roman m'incite à imaginer que cette extraordinaire aventure put exister.

J'en suis là dans mes pensées lorsqu'on frappe à la porte. La nuit vient de tomber sur la campagne pluvieuse et je n'attends personne. Je vais ouvrir. Alice Brooks se tient sur le seuil, une petite valise à la main.

- Je ne t'attendais pas.

- Mais moi, je savais que je te trouverais là, dit-elle.

Elle a le sourire goguenard en pénétrant dans la pièce. J'ai compris. Si j'avais voulu être seul pour calmer ma rancœur, c'est râpé.

Alice, c'est ma petite amie. Malgré son sourire constant c'est du vif argent. Concentré de vitamines et d'énergie pure, quand elle a une idée fixe elle n'en démord pas. Elle étudie la philo à l'université pour l'enseigner plus tard.

- Ton histoire a fait le tour du campus, tu sais ?

- Il l'avait bien cherché quand même.

- Allons, Herbert, tu devrais y être habitué. Et puis une exclusion à la veille de congés universitaires, c'est pas trop cher payé non ?

Je hausse les épaules et je ne réplique pas. Encouragée par mon silence, je pressens qu'elle va entamer son sujet préféré. Cette maison ne lui a jamais trop plu, du moins dans son décor actuel. Alice est une fille de son temps qui regarde toujours vers l'avenir.

- Faut dire que tu vis dans un véritable sanctuaire. Tu devrais moderniser cette baraque et te débarrasser de toutes ces reliques bonnes pour la brocante. Et puis ces maisons victoriennes sont de véritables labyrinthes. Les pièces sont nombreuses, petites, et le soleil y entre si peu qu'elles sont toujours humides. Sans compter ces murs recouverts de tapisseries et ces épais rideaux de velours. De vrais nids à poussière.

- Ces reliques, comme tu le dis, ont appartenu à mon grand-père et sont d'une grande valeur aussi bien sentimentale qu'historique et...

Elle m'a coupé, peu sensible à mes arguments.

- Offre-les à un musée. Je suis sûre qu'il serait intéressé. En attendant...

Elle a ouvert sa valise et en sort des affaires de toilette qu'elle va déposer dans la salle de bain. Puis elle range dans l'armoire une robe de nuit en soie fine et du linge de rechange. Enfin, elle ouvre un placard, en sort deux verres et la bouteille de sherry, histoire de causer un peu. Connaissant Alice, ça va être la serinette pour me rabâcher les modifications qu'elle me susurre à chacune de ses visites. La dernière fois, j'avais presque lâché prise et là je sens que je ne vais plus résister trop longtemps.

La démolition des murs qui cloisonnent les pièces se passe sans trop de problèmes. En quelques jours, les gravats se sont entassés dans ce qui était le salon et Alice qui met du cœur à l'ouvrage va les décharger dans le jardinet à l'aide d'une petite brouette. Il ne me reste plus qu'à abattre une cloison un peu plus épaisse que les autres quand soudain la massette que j'utilise vient buter dans la paroi sur un objet qui rend un son métallique. Quelques coups bien ajustés et je dégage une boîte en fer, carrée et rouillée depuis belle lurette. Alice, qui est revenue entre-temps, s'est rapprochée et porte sur moi un regard interrogateur. Elle murmure à demi amusée :

- Trésor de famille ?

Je secoue la boîte qui ne rend qu'un faible son.

- Si trésor il y a, on l'entendrait tinter non ?

Je la pose sur le coin d'une table pour forcer le couvercle. La rouille l'a quasiment soudé. Je me saisis d'un tournevis et, à grand-peine, je réussis à le soulever. À notre surprise, la boîte révèle une petite liasse d'une quinzaine de documents. J'étale précautionneusement les feuillets jaunis sur la table. Ce sont les plans d'une machine avec la liste des éléments qui la composent. Sur l'un des feuillets figure un tableau de bord où sont dessinés des cadrans indiquant jour, année, heure et minute. Plein d'émotion, je réussis à souffler :

- Les plans de la Machine !

Alice est partie d'un grand rire moqueur et s'exclame :

- Voyons Herbert, tu crois que s'il avait trouvé le moyen de voyager dans le temps, il aurait enfoui ce secret dans un mur ?

- Qu'en sais-tu ? À son époque, l'humanité n'était peut-être pas prête à une telle découverte.

- Et elle le serait aujourd'hui ? Allons donc ! Ton grand-père était un incorrigible farceur. Tu m'avais toi-même raconté comment il avait fait croire à ton père à l'existence de l'homme invisible en manipulant des objets à distance à l'aide de fils de crin. Tu te souviens ? Juste avant la parution de son bouquin.

- Ça ne prouve rien. Et supposons qu'il n'y ait qu'une chance sur des millions qu'il ait inventé cette machine, ça ne te dirait pas de voyager dans le temps ?

- Voyager dans le temps ? Mais nous y voyageons perpétuellement. Nous nous éloignons incessamment du moment présent. Il n'est que le passé de demain.

- Sans doute, mais nous le subissons alors que nous pourrions avoir un moyen de l'exploiter.

- Comment ça ?

- N'aimerais-tu pas pouvoir corriger les erreurs du passé, anticiper celles du futur ?

- Qu'est devenu ton bon sens, Herbert ? Ce qui est fait est fait. On ne corrige pas les erreurs du passé. On vit avec ou, au mieux, on apprend à ne pas les reproduire.

- Allons donc, le temps n'est qu'une dimension comme une autre. Seulement nous n'en maîtrisons pas encore tous les paramètres. Mais peut-être que lui...

- Le temps est insaisissable et irréversible. Lis donc plutôt Héraclite, Bergson ou Pascal. Et puis que voudrais-tu construire ? un monde égocentrique fait à ton idée ?

- Voyons, Alice ! je te parle en scientifique et toi tu me réponds en philosophe.

- Non ! Je te réponds en personne raisonnable. Je vais finir par croire comme Stephenson que tu es vraiment un doux rêveur.

- Stephenson ? Que sait-il du temps ? Il n'est qu'un physicien pompeux et miteux. Ce n'est qu'un crétin qui se cache derrière son titre et se complaît dans l'enseignement parce qu'il n'est pas capable de faire autre chose.

- Comment ça ?

- De développer ses propres théories, tu ne crois pas ? Pourquoi ne fait-il pas de la recherche expérimentale ? C'est trop facile de rabâcher bêtement les idées des autres.

- Wells ! C'est tout ce que tu penses des enseignants ? Des perroquets sans cervelle ? Eh bien, merci pour mon avenir !

Oups ! Elle est furax. Quand elle m'appelle par mon nom, ce n'est pas bon signe. Elle s'est précipitée dans la chambre, a saisi sa valise, y a entassé à la hâte ses affaires et se dirige vers la porte.

- Bonsoir ! Je te laisse à tes utopies.

Je voudrais rattraper la gaffe, mais trop tard ! Alice est partie en claquant la porte.

Voilà maintenant plus de trois mois que j'ai entrepris la construction de la machine. Pour m'y consacrer je n'ai pas repris le chemin de l'université, n'en déplaise à Alice. D'ailleurs, j'ai tiré les rideaux, empli les placards de provisions et de bouteilles, remisé la voiture dans le garage et fermé la porte à double tour. Je ne mets plus le nez dehors qu'avec d'extrêmes précautions, pour acheter des composants et autres pièces mécaniques nécessaires à mon œuvre.

Alice est bien venue régulièrement frapper à ma porte mais je n'ai pas répondu à ses appels, simulant une maison vide.

Les plans sont datés de 1935 et, si les éléments mécaniques sont faciles à monter, on ne peut en dire autant du reste. À l'heure de l'électronique, il m'a fallu convertir l'ensemble des schémas électriques à lampes. La technologie a fait des bonds prodigieux depuis l'invention du transistor et des circuits intégrés.

Enfin ! Après tous ces efforts, je vois l'aboutissement de mon travail. L'heure de vérité est arrivée.

La machine est laide et trapue et n'incite pas à la confiance. De longs tubes annelés courent sur ses flancs, faisant penser à un gros insecte aux pattes repliées et prêt à bondir sur une proie. Je me suis glissé dans l'un des fauteuils du salon que j'ai recyclé en siège de conducteur. Dans la cabine de plexiglas, sur le tableau de bord, les leviers prévus par Grandpa ont été remplacés par un joystick. Une pression en avant pour aller vers le futur, en arrière pour le passé, une pression à gauche ou à droite pour accélérer ou diminuer la vitesse du temps.

Au-dessus du tableau, un bouton permet la mise en marche après avoir pianoté un code sur un écran tactile où je peux également programmer une date de destination en mode automatique. La main tremblante, j'ai réglé le compteur pour un bond de soixante-douze heures dans le futur. Je ne connais pas la vitesse de déplacement de la machine ni ses effets sur le corps humain. En supposant évidemment qu'elle fonctionne, trois jours me semblent un moindre risque.

Dehors, le temps gris depuis une semaine, comme un sombre pressentiment, a tourné à l'orage. Le vent déchaîne ses fureurs, projetant la pluie violemment sur les carreaux ruisselants et, sous le grondement du tonnerre, d'immenses éclairs qui zèbrent le ciel éclairent le laboratoire d'une lueur aveuglante. J'ai l'impression d'être le docteur Frankenstein au moment où il donne vie à sa créature. Je ferme les yeux et je pose le doigt sur le bouton. Moi qui me croyais fin prêt à mener mon expérience à terme, je commence à comprendre ce qu'écrivait Grandpa quand il compare le voyageur du temps au moment de son départ à quelqu'un qui tient un pistolet sur sa tempe.

Il me revient à l'esprit les singulières sensations de montagne russe, comme d'être emporté dans un irrésistible élan tête baissée, qu'il a décrites. Je suis parcouru d'un terrible tremblement. Mais l'écran lumineux du tableau de bord m'attire comme cet appel qu'on peut éprouver à proximité du vide. Tant pis ! Je prends une profonde inspiration et j'appuie.

La machine a eu un soubresaut puis plus rien. L'écran s'est éteint. Une terrible déception m'envahit. Tant d'efforts pour rien. Le cœur lourd, j'en veux à Grandpa. Toutes mes illusions se sont envolées.

Je reste là, immobile, désemparé, dans le silence de mon laboratoire lorsqu'on tambourine à ma porte. Le tambourinement s'est fait plus violent et je perçois la voix d'Alice qui crie :

- Wells, ça suffit maintenant ! Si tu n'ouvres pas immédiatement, je supposerai que tu es mort et je ferai enfoncer cette maudite porte.

J'imagine déjà les sarcasmes auxquels j'aurai droit quand j'avouerai mon échec. Et que dire de l'argent que j'ai dépensé pour cette foutue machine. J'actionne la clef dans la serrure et aussitôt Alice pousse la porte pour se faufiler dans l'ouverture. Elle jette un regard circulaire dans la pénombre de la pièce. Tout est resté comme lorsqu'elle est partie. Quelques tas de gravats, où s'empilent des sacs d'ordures que je n'ai pas déposés à l'extérieur de peur qu'ils trahissent ma présence, encombrent le salon. Sans compter toutes les bouteilles de bière vides qui recouvrent le dessus des meubles.

- Mon Dieu, c'est quoi ce foutoir ?

Enfin, elle me dévisage et écarquille les yeux.

- Mais tu t'es vu ?

Je vais jeter un regard dans un miroir sur un des murs. Voilà trois mois que je ne me suis pas rasé. Une mauvaise barbe a envahi mes joues, mes cheveux longs et emmêlés me donnent l'air d'un clodo.

Alice soupire :

- Fais-toi un brin de propreté et allons faire un tour. Ça te fera du bien de respirer un peu d'air frais.

- Sous la pluie ?

- La pluie ? Quelle pluie ? Depuis le gros orage, voilà trois jours qu'il fait un temps superbe.

- Trois jours, dis-tu ?

J'écarte les rideaux et je découvre, ébloui, le ciel d'un bleu intense sans même un germe de nuage. Le sol est sec et, sous la lumière du soleil, les arbres du jardin resplendissent d'une infinie variété de verts.

- Allez, dépêche-toi ! Tu as assez perdu de temps comme ça.

Je suis pris d'un fou rire sonore et je réussis à prononcer entre les spasmes qui secouent mon corps :

- Le temps... le temps... mais Alice, désormais... nous avons tout notre temps.

Jean-Claude POUYTES

Asher

Jean-Claude POUYTES vit dans le sud de la France entre Corbières et Méditerranée.

Après des études de physique et une carrière d'ingénieur, il se consacre à l'écriture de nouvelles et de courts romans où ses personnages recherchent du sens dans les banalités de l'existence, à la limite de l'absurde.

Ses auteurs favoris sont : Philip Roth, Colum McCann, Jean-Paul Dubois.

Ses dernières publications sur Librinova.com : La Chute, Homo Memoria Sapiens, 3 Nouvelles Radioactives.

Le soleil envahissait la nuit. De longues trainées virant du jaune au vert évanescent descendaient vers moi comme une pluie d'étoiles. Soudain, un rayon écarlate traversa si vite le ciel qu'il put à peine imprimer ma rétine. J'étais pétrifié. Je regardais mes pieds pour me cacher lorsque je sentis un poids terrible sur mes épaules. Je levai la tête et aperçus un disque rouge qui tournoyait juste au-dessus de moi.

Je m'appelle Asher, je ne sais pas d'où vient ce nom, car je n'ai pas de parents. Ma date de naissance est inconnue et j'ai grandi de foyer en foyer, avec, pour unique question de savoir qui je suis. J'ai fait quelques études et travaille aujourd'hui en freelance pour un magazine scientifique. Ce n'est pas la première fois que ce disque rouge me poursuit. Mais de plus en plus, des questions m'obsèdent : d'où arrive-t-il ? Quelle intelligence le contrôle ? Sont-ils déjà venus sur terre ? Qui peut répondre à ça ?

Je suis passé de *comment savoir* à *je veux savoir, et je saurai* !

Après avoir épluché toutes les conneries sur les déplacements temporels, les univers parallèles, l'intrication quantique et les trous de vers, je suis tombé sur un roman qui m'a ému aux larmes et m'a tout appris : «*L'histoire du Juif errant*» de Jean d'Ormesson. Soudain, tout s'est éclairé, la solution m'est apparue ! Le voyage dans le temps est impossible, il faut donc voyager dans la mémoire! Et qui, mieux que le Juif errant, pourrait me raconter l'histoire du monde ? Lui qui depuis l'offense à Jésus Christ est condamné à arpenter la terre jusqu'à la fin des temps ?

Ahasvérus, Juif d'Acadie, qui refusa à Jésus sur son chemin de croix le verre d'eau qu'il lui demandait. Enchaîné à l'immortalité, devenu Simon Fussgänger, qui connut la Chine bouddhiste, l'Empire romain sous Tibère, les invasions barbares, et la Berezina napoléonienne... A-t-il aussi remarqué ces signes dans le ciel ? A-t-il rencontré d'autres hommes venus d'ailleurs ? Saurait-il me répondre ? Voyager à travers le temps et se confier comme il le fit avec Marie à la Douane de mer, à Venise.

Je suis certain qu'il est encore là-bas, fasciné par l'improbable beauté qui se reflète dans le grand canal. Poussé malgré lui jusqu'à la proue de la cité où arrivaient tous les phantasmes du monde pour se perdre dans le charme vénéneux de la ville au-dessus des eaux. La « *Sérénissime* » ne ment pas puisqu'elle est mensonge et mirage d'immortalité. La cachette idéale pour celui que la mort n'atteint plus.

C'est près du pont Rialto, que je me suis planqué dans un petit hôtel en attendant que les idées me viennent. Comment trouver Simon ? Je m'abrutissais sur mon smartphone lorsque je suis tombé sur une de mes séries préférées, les Simpson dans la Bible, et, croyez-le ou pas, les rêves de la famille Simpson m'ont fourni le plan que je recherchais ! Pour attirer Simon, il me fallait frapper un grand coup. Détourner son attention pour qu'il me considère assez extraordinaire et demande à me rencontrer.

Je préparai méticuleusement mon affaire. Sans perdre un instant, j'ai parcouru la ville, visité tous les bars et les tripots afin d'expliquer ce que je voulais faire et passer toutes les informations. Tous devaient agir le même jour à la même heure. Bien sûr, j'inventais quelque prétexte incongru, mais j'étais confiant. Le soir du 12 novembre, à 23 h 30 nous avons eu la plus haute marée depuis 56 ans, c'est le moment que j'avais choisi.

Dès vingt-trois heures, je me suis posté sur le point le plus élevé du Rialto et, muni d'un haut-parleur, j'ai hurlé ma diatribe. «*Braves gens ; je suis l'envoyé de Dieu et comme Moïse, je vais vidanger le grand canal et séparer les flots pour qu'enfin vous croyiez la parole de Dieu*». La foule commençait à s'amasser sur le pont et les quais et du tumulte fusaient les rires et les quolibets. Mais, tous furent saisis d'effroi, lorsqu'une vague immense se forma dans le grand canal. Montant de plusieurs mètres, elle frappa le pont et s'enfla encore, balayant tout sur son passage, vidant le grand canal et partageant en deux les eaux de l'océan au-delà de la douane.

J'avais réussi, merci, Lisa Simpson! Comme dans le rêve de Lisa, tous les Vénitiens ont tiré en même temps leur chasse d'eau et toute l'eau des toilettes s'est déversée dans le grand canal provoquant le tsunami dont j'avais besoin pour me faire passer pour Moïse! La foule me regardait maintenant avec admiration, certains s'agenouillèrent, d'autres s'enfuirent incommodés par l'odeur de la vase, mais tous étaient glacés de peur et de respect. Pourtant, une seule chose m'importait : Simon avait-il assisté au miracle ?

Je n'eus pas beaucoup de temps à attendre. Sortant de sous les arches, un homme trempé et plein de boue m'invectiva :

- Qui es-tu pour jouer au prophète et contrarier les plans du très haut ?

Un cri jaillit de ma bouche :

- Simon ? Que faites-vous noyé dans les eaux ?

Je le vis alors marcher vers la berge, et se hisser habilement sur le quai, avant que la vague ne reflue effrayant la foule qui s'écartait. Je courus vers lui pour lui barrer la route.

- Simon, je dois vous parler. Êtes-vous bien Simon, le Juif errant ?

- Simon, Ahasvérus, Laquedem, qu'importe le nom qu'on me donne, je ne suis qu'un pauvre Juif que tout le monde ignore

- Détrompez-vous, moi j'ai besoin de vous ! Je dois voyager dans le temps et votre mémoire du passé m'est indispensable. De toutes ces vies qu'il vous a été donné de vivre, vous détenez peut-être une vérité que je poursuis au-delà de toute raison.

- Ainsi par je ne sais quel miracle, tu sais que je suis le Juif errant et tu as réussi à me dénicher. Je pourrais m'offusquer, mais plus rien ne m'étonne en ce monde, si ce n'est, que l'on puisse attendre de moi, quelque sagesse.

- J'étais sûr de vous trouver à Venise, mais que faisiez-vous sous ce pont ?

- Parcourir la terre m'épuise, mais plus encore la comédie des hommes me désole. Le temps n'a rien fait à l'affaire, ils continuent de détruire la planète qui les nourrit avec la même obstination qu'ils mettent à se haïr et à se massacrer pour des dieux qu'ils pensent à leur côté. Je préfère me noyer dans les profondeurs loin de leurs cris et du spectacle de leur déchéance. Le soleil ne me réconforte plus.

- Si je vous ai sorti brutalement de votre retraite, c'était un pur hasard, mais je voulais à tout prix vous rencontrer, car j'ai besoin de votre mémoire. Sans elle il n'est point de voyage possible dans le temps.

- Que cherches-tu... ?

- Asher, c'est mon nom

- Étrange, que veux-tu savoir

- Il y a dans ce monde des milliards d'étoiles et de galaxies et c'est toujours le grand silence. J'ai plusieurs fois remarqué des disques rouges dans le ciel qui m'observaient, jouaient avec moi et semblaient comprendre mes sentiments. Je ne tiens pas à passer pour un fou, mais je veux savoir si dans l'histoire des hommes de cette planète ces formes d'intelligences sont déjà venues nous surveiller ou même nous rencontrer. Et qui, mieux que vous, peut fouiller sa mémoire sur des milliers d'années et voyager dans le temps pour me répondre ?

Simon sourit dans sa barbe.

- Bien sûr qu'ils sont déjà venus. Ils étaient à Jérusalem lorsque les croisés ont pris la ville en 1099 et massacré tous les habitants. J'ai vu la lueur rouge dans le ciel du temple quand des ruisseaux de sang en coulaient par les portes et que les chevaux piétinaient les corps. Et la première fois que je suis arrivé à Venise avec les chevaux volés dans l'hippodrome de Constantinople, plusieurs disques nous observaient au-dessus de la place Saint-Marc. Je pourrais ainsi te donner mille occasions où ces intelligences se sont manifestées : au cours des raids vikings sur la Francie, aux côtés de Bonaparte en Égypte ou sur la Bérézina, mais ; c'est à Venise en 1771 lorsque le jeune Mozart fit entendre sa musique que plusieurs soucoupes de feu ont tourbillonné près de l'opéra comme animé par cette divine musique. C'était peut-être la seule chose qui méritait leur attention.

- Mais, nous ne sommes pas seuls dans l'univers ?

- Tu en doutes ? Tu es là et tu m'as retrouvé. C'est que tu en es convaincu, non ? Je suis certain qu'ils vont bientôt revenir, car la fin de l'humanité est proche. Ce sera alors la chute de ce monde et comme Jésus me l'a dit, je serai libéré. À ce moment-là, ils pourront venir pour tout reconstruire. D'ici là, je vais tout te raconter ; trois mille ans d'histoire, quel périple ! Tu compteras mes pas de Jérusalem à Venise et tu pourras ainsi tout leur expliquer. La sauvagerie des hommes, leur lâcheté, leur mépris de la nature et de la vie ; et comment des siècles ne changent rien à l'essence profonde des humains. C'est pour ça que tu es là. Tu n'avais pas compris ?

- Mais comment pourrai-je survivre ?

- Je n'ai pas toutes les réponses Asher. Ce sera à toi de le découvrir. Tu es doué pour les découvertes n'est-ce pas ?

Je m'appelle Asher Hyakutake et tout est presque vrai dans ce que je viens de raconter. Le 30 janvier 1996 alors que comme toutes les nuits j'observais le ciel avec mes puissantes jumelles, j'ai découvert la comète qui porte mon nom. Elle était au plus proche de la terre à environ 0,109 unité astronomique, soit approximativement 16 millions de kilomètres. On l'a surnommée la grande comète de 1996. Son passage au voisinage de notre planète fut l'un des plus rasants des 200 dernières années. Depuis ce jour, elle se déplace dans l'espace et reviendra nous voir dans 17 000 ans.

Hyakutake apparaissait très brillante dans le ciel nocturne, c'est pour cela qu'elle m'a impressionné et quand on lui a donné mon nom j'ai été bouleversé.

Bien sûr, je n'ai pas trouvé Simon, il ne m'a pas raconté son histoire, et je n'ai pas voyagé dans le temps ou survécu à l'apocalypse. Pourtant, depuis que j'observe l'univers et que j'imagine pourquoi les hommes se tournent vers les étoiles, je rêve tout éveillé d'une intelligence qui regarderait vers nous et qui vagabonderait dans le temps pour nous aider à affronter le futur avec lucidité. Car, je pense avec Carl Sagan, que *«la recherche de la vie sur terre et la recherche de la vie ailleurs sont les deux faces d'une même question : la recherche de qui nous sommes»*.

Bernard SORTAIS

Noces d'Or

Né en 1964, Bernard D. Sortais est juriste de formation.

Il obtient sa maîtrise de droit privé en 1990 et consacre la majeure partie de sa carrière à la gestion immobilière dans l'habitat social. Parallèlement, il se passionne pour toutes les formes de littérature, avec un goût particulier pour le genre fantastique.

De lecteur, il devient auteur et deux de ses textes ont été publiés chez N'Co à Vienne (Isère) et dans le n° 31 de la revue Squeeze.

Mon nom est Maxime Menois. Je suis commissaire-priseur à Gien, ville connue pour sa manufacture de faïence, son château et son musée de la Chasse. Mon épouse, Cécile, assure le secrétariat de l'étude et nous employons un commissionnaire, Gabriel Vaudavesne, qui prépare l'examen d'aptitude à la profession. Voilà tout le personnel de la maison !

Il y a deux ans d'ici, je tenais le marteau dans une vente aux Aix-d'Angillon, dans le Berry. On liquidait l'entier contenu d'une grande ferme suite à une succession. C'était un vendredi de janvier, il faisait un froid polaire, les étangs étaient gelés et on pouvait traverser à pied le Cosson pris par les glaces. Il avait un peu neigé et le paysage, d'un blanc monochrome, était rendu plus blafard encore par un pâle soleil d'hiver.

La vente était diligentée sur réquisition de Maître Frédéric Molain qui est notaire à Sainte-Solange, mais aussi un de mes meilleurs amis. Deux vacations étaient prévues sur place, la première pour disperser les engins et le matériel agricole, la seconde, une semaine plus tard, pour mettre à l'encan tout ce que contenait la maison d'habitation. Je conduisais les enchères sous les hangars, dans les granges et les remises, par neuf degrés en dessous de zéro. Transis, frigorifiés, congelés, les mains et les pieds engourdis, nous étions tous pressés d'en finir au plus vite. Un peu avant midi, j'adjugeais le dernier lot.

Après la vente, Me Molain nous invita, Cécile et moi, à déjeuner à l'auberge de la Feuillie, à Rians. Le repas terminé, Frédéric nous dit :

- Vous savez que par ce temps les routes sont des patinoires. Venez passer deux jours à la maison ! cela ferait tant plaisir à Béa de vous revoir. Ils annoncent le dégel pour lundi. Vous repartirez quand le bitume sera praticable.

- Ce ne serait pas de refus, répondit Cécile, mais entre la régularisation de la vente du jour et la préparation de celle qui vient, nous avons trop de travail pour nous absenter plus d'une journée.

- Comme vous voudrez, mais je vous en conjure : soyez prudents !

Le café bu, nous prîmes le chemin du retour en faisant un détour par Nançay, pour y acheter les sablés qui ont fait, avec le radiotélescope, la renommée de ce joli village. Puis nous poursuivîmes notre route à travers les forêts de Sologne que les frimas avaient recouvert de givre.

Quelque part entre Souesmes et Sennely, au détour d'un virage, nous trouvant dans l'axe du soleil amorçant son déclin et aveuglés par sa vive lumière, nous baissâmes simultanément nos panneaux d'ombrage. Tout à coup, le paysage de blanc qu'il était devint... vert !

Les hêtres, les bouleaux et les châtaigniers étaient revêtus de leur feuillage. Les talus regorgeaient de fleurs mellifères visitées par une foule d'abeilles et de bourdons. Les achillées, les ancolies et les digitales étaient chargées de papillons et de cétoines qui les butinaient. Nous étions en plein été ! Nous avions baissé les vitres et ôté nos écharpes. L'air chaud sentait l'humus, la bruyère et la sylve.

Cécile et moi, nous gardions le silence. Bouche bée devant ce changement de saison aussi soudain qu'improbable, nous admirions le phénomène, sans en comprendre, ni en chercher la cause.

Quelques kilomètres plus loin, il y avait un attroupement au bord de la route. Nous vîmes des personnes endimanchées et des enfants déguisés en lutins et en farfadets dont les têtes étaient ceintes de couronnes végétales. Les adultes nous firent signe de nous arrêter. Un homme élégant s'approcha et nous dit :

- Venez boire une coupe de champagne avec nous ! Nous célébrons les noces d'or de mes parents.

La scène se passait devant un manoir aux élégantes proportions, dont les murs à colombages et parements de briques étaient surmontés d'un toit en tuiles vernissées, à motifs losangés, comme en Bourgogne. Le bâtiment formait une cour en fer à cheval, à laquelle on accédait par un petit pont de pierre qui enjambait un étroit cours d'eau au débit paresseux.

Nous acceptâmes bien volontiers une aussi aimable invitation. Laissant notre voiture sur l'accotement et quittant nos manteaux de laine, nous suivîmes le petit peuple qui nous précéda dans la propriété. Ils nous firent passer par un vestibule traversant le corps central, qui débouchait sur une vaste terrasse gravillonnée, où était dressée une longue table couverte d'une nappe en jacquard blanc. Elle était présidée en son centre par un couple de vieilles gens. En nous voyant, ils se levèrent et se nommèrent :

- Renée et Jean des Châzes. À qui avons-nous l'honneur ?

- Cécile et Maxime Menois.

Puis, ce fut au tour des invités de se présenter et, tout le monde ayant fait connaissance, Jean des Châzes me fit asseoir à sa droite, tandis que Cécile prit place à gauche de son épouse.

Des commis de la pâtisserie Cerfbois à Salbris venaient de livrer une pièce montée. Une fois celle-ci partagée et consommée avec gourmandise, on nous servit des tartes aux prunes de plusieurs variétés cueillies dans le verger du domaine : reines-claudes, quetsches et mirabelles. Nous formions une tablée d'environ vingt personnes, enfants compris. Nous offrîmes nos sablés pour accompagner le café. Ils furent déclarés excellents et même exemplaires par les convives.

Quand Jean des Châzes apprit que j'étais commissaire-priseur, il tint à me faire visiter sa demeure.

Le vestibule était décoré d'aquarelles de Bellangé et d'une série de dessins de Dethomas représentant les personnages de la Commedia dell'Arte. La bibliothèque contenait bien dix mille volumes. Je remarquai un exemplaire de « *The Aurelian* » par Mose Harris dans l'édition originale de 1766. Jean des Châzes ouvrit pour moi un volume rarissime des « *Oiseaux d'Amérique* » de James Audubon contenant de merveilleuses planches peintes à la main. Il avait dans son bureau un secrétaire à cylindre Louis XV signé Van Riesen Burgh, et aux cimaises étaient suspendus des pastels de Lévy-Dhurmer, des toiles de Marquet et une superbe « *Jeune fille au chapeau* » par Berthe Morisot. Le salon était meublé avec un goût exquis et les murs de la cuisine étaient couverts d'assiettes et de plats en faïence fabriqués en Toscane et dans les marches italiennes au XVIème siècle.

Le tour du propriétaire achevé, je retrouvai Cécile en conversation avec Renée. Elles parlaient de leur généalogie. Cécile étant une demoiselle de Kerjoël, comme l'arrière-grand-mère de Mme des Châzes, elles pensaient avoir un lien de parenté entre la septième et la neuvième génération !

Puis, Jean des Châzes me glissa à l'oreille :

- Si vous voulez être rentrés avant la nuit, il ne faudrait pas différer davantage votre départ.

Je compris que le moment était venu pour nous de prendre congé.

- Revenez quand vous voulez ! nous dit Renée.

- Vous serez toujours les bienvenus ajouta Jean.

Denis des Châzes, le fils de Jean et de Renée, nous accompagna jusqu'à notre voiture et nous reprîmes la route.

Un ou deux kilomètres plus loin, la départementale tournait à angle droit vers l'ouest. Nous fûmes brièvement éblouis par les rayons obliques du soleil couchant et au même instant... la nature estivale remit son manteau d'hiver ! Les arbres étaient à nouveau défoliés et enrobés de givre jusqu'à leurs plus fins rameaux. Une mince couche de neige recouvrait la terre. Le froid avait rétabli son empire sur le monde qui nous environnait !

Au carrefour, où les routes de Nouan et de Brinon se croisent, les gendarmes régulaient la circulation. Un accident venait d'avoir lieu.

- Que s'est-il passé ? demandai-je à l'un d'eux.

- Un camion a refusé la priorité à la voiture que vous voyez là-bas. En voulant l'éviter, elle a dérapé sur le verglas et heurté un arbre. Les passagers sont décédés et les pompiers viennent d'emporter les corps.

- Combien étaient-ils ?

- C'était un couple. Tués tous les deux sur le coup. Allons, circulez !

L'automobile gisait dans le fossé, réduite à l'état d'épave, le capot plissé en forme d'accent circonflexe et le pare-brise éclaté. C'était un coupé sport, de marque et de modèle identique au nôtre. Même la couleur de la carrosserie était semblable à celle de notre véhicule.

Je ne suis pas un casse-cou au volant, mais je redoublai de prudence sur la distance qu'il nous restait à parcourir...

Le soir, assis au salon après un dîner rapide et frugal, Cécile et moi, nous nous perdîmes en conjectures pour essayer d'interpréter les événements de l'après-midi. J'avançai l'hypothèse que charmés par un accueil aussi agréable, nous avions embelli les moments passés en compagnie de la famille des Châzes, en les parant des couleurs de l'été. Mon épouse m'objecta qu'elle ne serait pas restée longtemps sur la terrasse par dix degrés de froid. Evidemment, elle avait raison. Le mystère demeurait.

Le lendemain, j'achetai la presse régionale pour en apprendre un peu plus sur l'accident de la veille. Ni le Berry nouveau, ni le Gâtinais républicain n'évoquait ce drame. La toile aussi était muette à ce sujet. Je demandai à Gabriel, dont le père est officier de gendarmerie à Dhuizon, de se renseigner pour moi. D'après le capitaine Vaudavesne, aucune collision mortelle n'avait été recensée le jour précédent dans les départements du Cher, du Loir-et-Cher et du Loiret ! Le seul événement documenté était un accrochage entre deux véhicules de tourisme, sur la nationale vingt, qui n'avait pas fait de victime, mais seulement de gros dégâts matériels...

Le vendredi suivant avait lieu la seconde vacation. On vendait le contenu des parties habitées de la grande ferme aux Aix-d'Angillon : meubles meublant, bibelots, linge de maison, pièces encadrées, tapis et lustres. Il faisait beaucoup moins froid, mais il tombait une pluie drue et serrée, l'atmosphère était saturée d'humidité.

La vente terminée, ce fut à notre tour d'inviter Frédéric Molain à déjeuner à l'enseigne du Bœuf-qui-Parle à Aubinges. Après le repas, comme la semaine précédente, nous fîmes halte à Nançay pour nous fournir en sablés à la boulangerie. Nous avions décidé de nous arrêter sur le chemin du retour chez nos nouveaux amis, Renée et Jean des Châzes.

Il nous fut facile de retrouver la propriété mais... celle-ci se présentait maintenant sous l'aspect d'une friche inhabitée depuis plus de quarante ans !

Les tuiles tombées à terre laissaient voir les pannes faitières et les chevrons de la charpente exposés aux intempéries. Les grilles en ferronnerie avaient oxydé et se désintégraient en poussière de rouille, tandis que du lierre avait grimpé sur les murs lézardés. Les colombages étaient vermoulus et les briques disjointes. La cour disparaissait sous les ronces, les armoises et les berces fanées. Nous nous frayâmes un chemin à travers cette végétation rudérale et invasive, nous traversâmes le vestibule central désormais à ciel ouvert, et découvrîmes la terrasse colonisée par des chardons et des renouées du Japon. Un sorbier avait poussé dans l'ancien bureau de Jean et un houx dans ce qui était autrefois le salon. Les linteaux et les jambages des cheminées, les poutres des plafonds et les lambris de la salle à manger avaient été pillés.

Après cette visite sinistre et cafardeuse, nous quittâmes les lieux le cœur serré, déconcertés par ce nouveau mystère.

Mon métier et mes relations professionnelles m'ouvrent certaines portes. Aussi, pris-je des renseignements sur la famille des Châzes. Jean était mort en mars 1972, soit cinq ans avant ma naissance et huit ans avant celle de mon épouse. Renée avait suivi son mari dans le trépas en 1975. Des querelles entre héritiers étaient la cause de l'abandon de leur belle demeure.

Cécile et moi, nous avons acquis la conviction et même la certitude que Jean des Châzes nous a retenus sous son toit, assez longtemps, pour nous préserver d'une mort certaine dans un accident de la circulation.

J'ai acheté le manoir et j'ai entrepris de le relever de ses ruines, pour le faire restaurer dans l'état où il se trouvait quand je l'ai visité un après-midi d'été, ou bien d'hiver, je ne saurais le dire.

En guise de conclusion

Jean-Paul DESCHASEAUX

J'ai une Histoire à vous raconter

Informaticien de première heure, je n'ai eu que récemment l'opportunité de m'essayer à l'écriture. Mon passé professionnel n'étant pas des plus passionnants, je ferai l'impasse dessus pour m'attarder sur ce qui m'a amené à écrire des nouvelles. Cherchant un nouveau loisir pour occuper mes heures perdues - maintenant que les enfants sont devenus indépendants - j'ai intégré, il y a 3 ans, un atelier d'écriture.

Les débuts furent difficiles, envahis de pages blanches, de procrastination et de syndrome de l'imposteur. C'est d'ailleurs toujours le cas, mais quand l'occasion se présente, je me fends d'une nouvelle que je soumets à des concours.

Je suis actuellement à la croisée des chemins : dois-je continuer dans le monde de l'écriture, reprendre mon métier d'informaticien mis en pause pour m'occuper des marmots ou tenter une toute nouvelle aventure ? Honnêtement, je l'ignore, mais en attendant, j'exerce ma plume sur quelques pages lorsqu'un thème m'inspire. Merci de me lire.

Cher ami,

Je peux vous appeler ainsi ? Certes, nous nous rencontrons pour la première fois, mais je sens déjà une certaine intimité s'installer entre nous. Et c'est un bien nécessaire car dans le cas contraire, je ne pourrais pas m'ouvrir à vous. Soyez certain qu'il serait dommage que nous en restions là et que vous me quittiez simplement parce que vous jugez ma démarche, oserais-je le dire, outrancière.

Bien, vous êtes encore là.

L'histoire que je m'apprête à vous raconter est inhabituelle. Certains la qualifieraient même d'extraordinaire. C'est le genre de récit que l'on dit tenir de l'ami d'un ami, d'un cousin très éloigné ou d'une vague connaissance tant il revêt le manteau du fantastique. Pour faire simple, on ne prend pas le risque d'être associé à une histoire aussi invraisemblable sous peine d'être aussitôt exclu de son cercle social. Même si, avouons-le, on se délecte à la colporter.

Je vais être franc avec vous. Je ne vous embrouillerais pas avec des "*on m'a raconté*", des "*j'ai entendu dire*" ou des "*il me semble, mais je peux me tromper*". Pas d'excuse par avance, nulle échappatoire, ni de sonnerie étouffée prétexte à un départ urgent. J'assume l'authenticité de cette incroyable aventure car, voyez-vous, j'en suis le principal témoin.

Tout commence par : "*Si Elias s'était levé ce matin-là, comme à son habitude à six heures précises, sa journée se serait déroulée comme il l'avait prédit. Car Elias aimait prévoir ses journées et rien ne lui donnait plus de plaisir que lorsque celles-ci se déroulaient sans accroc. Mais il allait se rendre compte que ces quelques minutes grignotées sur sa toilette et son petit-déjeuner allaient chambouler sa vie tout entière. Elias ..."*

Je me permets un petit aparté. Curieux comment un mot peut régir la vie des gens. Si. Si j'avais su, j'aurais évité cet accident. Si je pouvais prédire les numéros du loto, ça m'arrangerait bien. Que ce soit pour exprimer des regrets et cette furieuse envie de rectifier le passé ou souhaiter connaître l'avenir et rendre le sien le plus radieux possible, nous avons tous, un jour ou l'autre, cru dans le pouvoir du Si. Ce qui revient à dire : Si seulement le voyage dans le temps était possible.

Non, pas vous ?

Allons, vous pouvez me l'avouer. Nous sommes désormais assez proches pour ces confidences. Réfléchissez. Fermez les yeux et souvenez-vous. Plutôt non, ne les fermez pas, vous manqueriez la suite. Faites le vide, tout simplement. Hier, le mois dernier, il y a peut-être quelques années. Ce moment où vous avez serré le poing et avez murmuré entre vos dents serrées : Si...

Vous y êtes ? Voilà. Aucune exception, tout le monde passe par le Si. Un mot et nos rêves se transforment en fantasmes : "*Si le voyage dans le temps existait, Grands dieux, je changerais tout !*"

Et là, les remords font surface. "*Oui, mais mon époux, le rencontrerai-je ? Mes enfants, naîtront-ils ? Mes amis, mes joies, mes peines, tout ça, perdu à jamais.*" C'est le fameux et inévitable paradoxe temporel. Qu'il soit projeté dans le passé ou dans le futur, l'intrépide explorateur sera confronté à cet obstacle qui constitue l'antagonisme principal de tous les récits abordant le sujet du voyage dans le temps.

Vous n'avez pas lu "*Le voyageur imprudent*" ? "*La machine à explorer le temps*" ? Non ? Vous avez au moins vu "*Retour vers le futur*", rassurez-moi.

Mais je m'égare. Revenons à Elias.

"*Elias était un employé de bureau modèle. Toujours à l'heure, prompt à rendre ses rapports sans le moindre oubli ; il ne faisait pas de vagues dans cette entreprise, somme toute anodine, d'installation de SPA. Ce matin-là donc, il avait ouvert un œil, contemplant d'un air hagard son réveil, avant de prendre une décision qu'il pensa sur le moment triviale mais cependant lourde de conséquences. Il interrompit la sonnerie horripilante et s'accorda un lever en douceur.* "

Hop hop hop, minute papillon, vous ne m'avez pas répondu. Si vous avez lu ces œuvres, vous êtes forcément d'accord avec moi, n'est-ce pas ? Plus que le paradoxe temporel c'est bien le paradoxe de l'homme qui nous empêche d'appréhender le voyage dans le temps. Posons cette hypothèse - promis je reprends mon récit après - le voyage dans le temps existe et vous y avez accès. Que faites-vous ? Vous allez jeter un œil dans le futur, voir comment l'humanité a évolué ? Spoiler Alert : Mal !

Du coup, vous revenez dans le passé et bottez les fesses de cet idiot de Jean qui vous a malmené dans la cour de récré. Un mauvais souvenir qui hante vos nuits. Ce traumatisme vous fige à chaque fois que votre patron s'en prend à vous, injustement. Ça n'a l'air de rien. Cependant, à y réfléchir, c'est ce Jean qui est responsable de votre enfance passée cloîtrée dans votre tanière, la peur au ventre. Mais voilà, sans cette brute pour vous martyriser quotidiennement au point de prendre un abonnement chez le psy, vous ne vous rebellez pas. Vous ne séchez pas les cours le lendemain ; vous êtes avec vos parents dans la voiture lors de l'accident. Vous mourez. Point final.

Le cours du temps a changé et d'un gros coup de gomme, le destin vous efface. Vous n'existez plus. Comble de malchance, vous ne pouvez plus retenter un voyage en arrière, histoire de réparer cette menue erreur. Vous êtes mort, bien entendu. Paradoxe temporel.

Où en étais-je ? Ah oui.

"...bla bla bla ... lever en douceur. Après quoi, il reprit le cours de sa journée, amputée de ces minutes qu'il décida de rattraper en raccourcissant son déjeuner et son lavage de dents. Seulement voilà, son estomac n'était pas de son avis et de la mie de pain coincée entre deux molaires l'obligea à passer par la salle de bain. De fil en aiguille, ces minutes qu'il pensait honnêtement pouvoir gagner se rallongèrent au point où il manqua son bus. Le suivant, bondé, ne lui fit aucune place et ce ne fut que dans le troisième qu'il parvint à monter pour se rendre à son travail. En retard et de beaucoup. Celui qui aimait se faire appeler président de la société le convoqua immédiatement. Il était aux anges. Il avait enfin une excuse valable pour réprimander Elias qui par conscience professionnelle le mettait souvent en défaut. Et comme tous les responsables, celui-ci n'aimait pas être pris en défaut ».

Moi, votre pauvre narrateur, j'étais là, dans le bureau lorsque la leçon de morale fut donnée et je dois avouer qu'Elias fit preuve d'un sang-froid à toute épreuve. Mais quand on sait ce que je sais, et qu'Elias savait mieux que moi, on comprend l'origine de son calme olympien. Quoique Elias fasse, quoiqu'il dise, en bien ou en mal, il avait le pouvoir d'y remédier si le cœur lui en disait.

« *Il écoutait d'une oreille distraite les viles critiques de son supérieur sans en prendre ombrage. En fait, il réfléchissait au moment opportun où il allait déclencher l'Evénement. A sa sortie du bureau pour effacer l'affront le plus vite possible ? Le soir à son coucher pour avoir le loisir de médire sur l'affreux personnage toute la journée ? Lorsqu'il claquera la portière de sa voiture avant d'affronter les bouchons ? A bien y penser, autant s'éviter aussi cette corvée et faire d'une pierre deux coups. Elias reprit ses esprits au moment où son patron mettait le point final à son laïus. Il le remercia pour sa bienveillance - un mensonge bien évidemment - et se retira.*"

Vous me suivez toujours ? Déjà à ce stade, vous devriez avoir perçu une pointe de mystère dans mon récit non ? Comment ? Vous vous ennuyez ? Je vois. Malgré l'Evénement ? Même avec un grand E ?

Vous savez, toutes les histoires ne sont pas que rebondissements, suspenses ou élans dramatiques. D'ailleurs en s'y penchant un peu, on constate qu'elles sont la plupart du temps faites d'ennuis, de monotonies et de routines, non ? Métro, boulot, dodo ? On s'accorde un loisir de temps à autre. On dîne avec des amis, on se fait un ciné, enfin une soirée Netflix. Pour les plus chanceux, on termine par l'amour. Et là, on fait le bilan de notre vie et on se dit : "*Si j'avais su. Si j'avais su que je perdrais mon temps à lire une histoire aussi barbante devant mon ordi, j'aurais fait autre chose. Je ne sais pas, je pourrais être en train d'escalader le Kilimandjaro ou être à l'affût d'un tigre lors d'un safari photo.*"

Et revoilà notre Si et notre envie de revenir dans le passé. Vous pourriez me fermer votre écran au nez, cela ne vous redonnerait pas la poignée de minutes que nous avons passées ensemble. Que j'ai fort appréciée soit dit en passant. Peut-être auriez-vous pu trouver mieux à faire. La vaisselle ? Le linge ? Une partie d'échecs ou de jeu vidéo ? Mais voilà, vous êtes resté avec moi et mon histoire. Vous voulez qu'on en finisse ? Eh bien, c'est entre vos mains. Allez-y, éteignez votre ordinateur, jetez votre tablette, effacez votre disque dur. Vous n'entendrez plus jamais parler de moi. Juré, craché. Dans tous les cas, je ne vous spoilerai pas la suite ; dilvulgacherai pas la suite, si vous préférez.

Ah ah ! Mon Evénement avec un grand E vous intrigue, n'est-ce pas ? Surtout que je vous ai appâté avec cette histoire de voyage dans le temps. Vous l'avez deviné, notre bonhomme, d'une façon ou d'une autre, a la capacité de revenir dans son passé. Il peut corriger les petits soucis de son quotidien et remettre le train de sa destinée sur les rails de sa vie plan plan. A dire vrai, on s'attendrait à plus de spectaculaire, à du sensationnel. Mais qui me dit que vous feriez mieux à sa place ?

Reprenons notre conversation sur le mot qui a tout déclenché. Si. Si vous aviez ce pouvoir, que changeriez-vous ? Que les mauvaises choses qui vous sont arrivées, bien sûr, mais dans quelle mesure ? Au point de bouleverser votre vie entière ? Tss tss tss. Paradoxe temporel. Plus de femme, ni de mari, ni d'enfants. Plus les mêmes amis, ni les bons souvenirs. Donc, à moins d'avoir une histoire digne des plus sombres romans de Victor Hugo, chacun veut conserver telle ou telle partie de son existence. On y tient ! On veut le beurre et l'argent du beurre.

Impossible. I ... M ... P ... O ... S ... vous m'avez compris.

On ne joue pas avec le passé sans risquer de voir son présent annihilé. Quoi ? J'exagère ? Attendez la suite de mon histoire et vous réviserez votre opinion. Je résume : prudence est mère de sureté, le passé, on n'y touche pas. Il ne vous reste que l'option du futur. Mais je vous l'ai dit, il n'en vaut pas la peine. Et quand bien même, vous voyagez dans le futur et vous constatez que tout n'est que cataclysme. Qu'allez-vous faire ? Changer de brosse à dents en espérant que ce petit geste changera la face du monde ?

Comment ça je me contredis ?

Je l'admets. D'un côté, j'insiste sur les conséquences sur le présent du moindre changement dans le passé. De l'autre, je prétends que changer de brosse à dents ne va pas chambouler nos existences et certainement pas le monde. Paradoxal non ? Mais n'oubliez pas le paramètre personnel. Si vous allez dans le passé, c'est bien pour changer votre présent. Le vôtre et celui de personne d'autre. Le monde dans sa globalité s'en moque bien de vous. Et que vous changiez de brosse à dents ou non n'empêchera pas sa chute irrémédiable. Je vous le répète, moi j'y suis allé dans le futur. Et c'est pas beau à voir. Moralité de l'histoire profitez de votre temps, il est précieux. Le passé est le passé. Le futur n'est pas.

Sur ce, je vais vous laisser. Pardon ? La fin mon récit ? Bah, elle est comme le début, ennuyeuse à mourir. Maintenant que nous sommes amis, je ne vais certainement pas vous infliger plus de banalités. Je suis sûr qu'avec votre imagination vous trouverez une chute plus passionnante que la mienne. Je devine votre déception, vous attendiez une histoire épique avec du voyage temporel. Mais promesse tenue ! La preuve, depuis que nous nous connaissons, vous avez voyagé en avant d'au moins six à sept minutes. N'est-ce pas formidable ?

Et vous savez quoi ? Prenez un bon bouquin, et vous verrez, entre le moment où vous l'ouvrez et l'instant ou vous le refermerez, le temps aura disparu et vous aurez été projeté plusieurs heures en avant.

Et quel voyage !

PLAY AGAIN en quelques mots

Joue encore ! (Re)joue ! Voilà ce que signifie le nom de notre association, car nous pensons que tout le monde a le droit de se tromper et de réessayer aussi souvent que nécessaire.

Créée en 2018 pour promouvoir la liberté de penser et de dire, l'asbl Play Again gère et organise ses propres projets - des débats autour de spectacles, expositions ou conférences – et aide d'autres associations à animer leur communauté d'adhérents en créant avec elles des événements sur mesure.

L'équipe de bénévoles met ses talents au service de l'aide aux projets, notamment dans le parcours d'accompagnement de l'écriture vers l'édition.

Ce recueil concrétise une 2ème édition de concours de nouvelles en francophonie.

Pour faire connaissance : https://www.play-again.be

Table des matières

Édition : BoD · Books on Demand GmbH,
In de Tarpen 42, 22848 Norderstedt (Allemagne)
Impression : Libri Plureos GmbH, Friedensallee 273,
22763 Hamburg (Allemagne)

Maquette :
Play Again asbl
http://www.play-again.be

ISBN : 978-2-3225-3271-1

Dépôt légal : Décembre 2024